2023 제1회
군산초단편문학상
수상작품집

2023 제1회
군산초단편문학상
수상작품집

차례

대상

이은미

팀버

이은미

2001년생. 알코올 카페인 니코틴 대신
모든 것을 액상과당으로 해결하는 사람.
하지만 달콤한 글은 어떻게 써야 하는지 잘 모른다.
스쳐 지나갔다가 생각나서
다시 읽게 되는 글을 쓰고 싶다.

이 녀석, 엄청 질겨요. 잘 고르신 겁니다. 덩치는 좀 작지만 반년 만에 자기보다 큰 놈 세 마리를 물어 죽였던 놈입니다. 에이, 처음 해보시는 분도 아니고. 애들은 사람 못 물어요. 네, 다음에 또 와주세요. 안녕히 가세요.

　　손님이 큰 캐리어를 트렁크에 싣고 떠나는 소리가 들렸다. 왜 저렇게까지 큰 차를 끌고 온 거람, 산 중턱까지. 입속말을 중얼거리며 두툼한 돈 봉투로 책상을 느리게 쳤다. 그러다 봉투를 책상에 내려놓고는 장부를 꺼냈다. 서랍 안을 더듬어 펜을 찾았지만 오래간만에 쓰는 펜이라서 그런지 잘 나오지 않았다. 펜을 분리하여 잉크가 들어 있는 부분을 손으로 쥐어 녹이고 나서야 글씨를 쓸 수 있었다. 오랜만에 들어오는 수입이라서 그런지 장부에 기록하는 일이 감회가 새로웠다.

삐걱거리는 의자에 대충 기대어 앉아 돈 뭉텅이를 받아 쥐고 부채 부치듯 부쳤다. 향긋했다. 최근 들어서 이런 돈을 쥐어 본 적이 없었다. 불이 잘 들어오지 않는 스탠드는 몇 번 때리고 나서야 불이 들어왔다. 약한 전등불에 기대어 돈을 셌다. 예상한 것보다 많은 돈이었다. 예전에는 흥정에 잘 넘어오는 손님이 아니었는데, 무슨 바람이 든 건지 오늘은 일부러 높게 부른 가격에 한 번에 넘어와 줬다. 최근 들어 단속에 걸린 투견장이 부지기수로 늘어나다 보니 자연스레 여길 찾는 사람들도 줄어들었다. 그것 때문에 공급이 줄어들어서 급해졌던 건가. 한 마리만 팔아도 동물원에서 일할 때보다 훨씬 많은 돈을 벌 수 있으니 관둘 생각은 없다. 위험을 감수해야 하지만, 어디 세상에 안전하기만 한 일이 있긴 한지.

동물원에 취직했을 때 했던 생각은 하나였다. 동물답게 동물을 키우자. 사람들이 동물원에 오는 이유는 동물을 보기 위해서 아니던가. 개나 고양이 따위를 바랐다면 애초에 오질 않았을 것이다. 누워서 재롱이나 부리는 녀석들은 길거리에도 티브이 안에도 넘쳐났으니. 우리 안에서 누워있는 동물은 시시하기 짝이 없다. 동물을 보려고 동물원에 온 사람들이 그런 것들을 본다면 얼마나 맥이 빠지겠는가.

난 내 목표 달성의 희망을 늑대들에게서 보았다.

지능도 높고, 사람들 못지않은 사회생활도 한다. 그리고 무엇보다 집요하고 한 번 노린 것들은 절대 놓치지 않는다. 삵이나 스라소니같이 너무 작지도, 호랑이나 사자들처럼 너무 크지도 않아 내가 다룰 수도 있다. 이 녀석들이라면 할 수 있다. 그러나 돌아온 건 나가라는 말이었다. 나 같은 조련사가 동물원에 있기에는 너무 위험하다는 말이었다. 근처 사육장에서 데리고 나온 토끼를 늑대들에게 던져주기 직전에 다른 동료가 목격한 직후였다. 나는 미련 없이 동물원을 나왔다. 동물이 뭔지도 모르는 놈들.

조련사, 특히 맹수 조련사의 세계는 굉장히 좁다. 이미 전국의 몇 안 되는 동물원에 내 인적 사항에 빨간 줄이 쳐진 채로 떠돌고 있을 가능성이 높았다. 동물원에 다시 취직하기란 불가능한 일이었다. 설령 취직할 수 있다고 해도 금방 또 쫓겨나고 말테지. 동물에 대해 제대로 아는 사람들이 없는 동물원에서는. 다른 것을 공부한 적이 없어 어떻게 해야 하나 걱정하고 있을 때 같이 일하던 선배 한 명에게서 연락이 왔다.

매번 일을 미루고 남에게 떠넘겨 직원들 사이에서 악평이 자자하던 선배였으나 나로서는 늑대들과 접촉해 있는 시간이 많을수록 좋았기에 그 선배의 습관이 딱히 싫지 않았다. 선배에게서 온 장문의 문자는 투견장에 내보내는 늑대들에 대한 것이었다. 너라면 분명 이 일을 잘할 것이다, 나 아는 선배가 동물원 관두고 시작했는데 돈도 잘 벌고 네가 원하는 것도 할 수 있을 것이다. 나는 바로 선배에게 답장했다.

그렇게 이 일을 시작했다. 선배가 소개해 준 분은 통이 큰 것인지 손수 사람들의 발길이 잘 닿지 않는 곳에 있는 건물을 개조한 사육장까지 알아봐 주셨다. 이 일은 완벽했다. 동물을 동물답게 키울 수 있으면서도, 동물원에서 일할 때와는 다르게 돈 걱정은 하지 않아도 되는 일이었다. 물론 정기적인 수입을 기대하기는 힘들었으나 목돈을 쥐는 기분이 나쁘지는 않았다. 높으신 분들의 취미로 암암리에서 진행되는 투견 덕에 늑대들의 가격은 꽤나 높은 선에서 측정되고는 한다. 한 마리가 몇 달 치 월급이었으니 늑대개들을 관리하는 비용을 빼고도 넉넉한 돈이 들어온다.

주의할 점은 굳이 길이 나 있지 않는 산을 올라보겠다고 오는 사람들이었다. 그 사람들 자체가 문제는 아니다. 결국 다시 등산로로 돌아가지도 못하고 더 올라가지도 못한 채 119에 구조요청을 하기 때문이었다. 119가 문제다. 구조 요청을 하는 사람들은 대개 자신의 위치를 제대로 알리지 못하기에 출동한 이들이 헬기를 타고 다니며 이곳저곳을 이 잡듯이 뒤진다. 사람들이 다니지 않는 산은 조용하다. 때문에 늑대개들이 짖지는 않는지 신경을 곤두세워야 했다. 구조된 이들이 개인지 늑대인지가 짖는 소리가 들렸다고 말하고, 한 명이라도 그 말을 허투루 넘기지 않는다면 들통나는 것은 시간문제일 테니. 한두 마리 정도야 상관없지만 한 마리가 짖기 시작하면 따라 짖는 습성 탓에 제때 잡아주지 않으면 위험할 수 있다. 내가 수시로 이곳으로 통하는 길이 지나치게 티 나지 않는지 점검하지 않았다면 진작에 들켰을 수도 있다. 관리하는 개체 수가 많지 않다면 옮겨 다니며 영업하는 방법도 있다고는 하지만, 아직 그 정도까지는 생각해 본 적이 없었다.

늑대개들은 광대. 난폭한 광대. 투견장 안에서 피 튀기는 묘기를 선보이는 광대였다. 어느 한 마리가 죽으면 사람들은 찬사를 보낸다. 그 죽음이 끔찍하고 잔인한 것일수록 호응은 커진다. 그야말로 유쾌한 서커스다.

가끔 손님 중에 물리지는 않느냐고 물어보는 사람들이 있다. 물릴 리가. 모든 너석은 태어났을 때부터 내가 키운다. 동물들은 어렸을 때의 기억을 잊지 못한다. 성장한 후에도 자신이 얼마나 강해졌는지 모르고 몽둥이만 보면 꼬리가 다리 사이로 말려들어 간다. 깊게 각인된 사람에 대한 공포를 이겨내지 못한다. 그러니까 나 정도는 한 마리라도 작정하고 덤벼들면 이기지 못하리라는 사실을 알 리가 없지.

개체 수가 너무 많아지면 한 철창에 여러 마리를

밀어 넣고 물만 넣어주고 며칠 여행을 다녀온다. 약한 놈들은 살아남은 놈들의 양분이 되어있고, 개체 수도 어느 정도 줄어있다. 뒤처리도 그렇게 어렵지 않다. 살점은 살아남은 녀석들이 다 뜯어먹었고, 피도 말끔하게 핥아먹는 경우가 많았다. 내가 할 일이라고는 여기저기 말라붙은 피와 이물질, 배설물 등을 닦아내고 뼈를 땅에 파묻는 일뿐이었다. 악취가 심하긴 했으나 크게 신경 쓰지는 않았다. 악취가 몸에서 빠지기 전에 사전에 연락을 주지 않았던 손님이 들이닥치는 일만 없다면 괜찮았다.

　　팀버는 거기서 살아남은 놈이었다. 상품에 이름을 붙이는 건 취향이 아니었지만 녀석은 특별했다. 한 철창 안에 스무 마리 정도를 넣으면 절반 정도가 죽는다. 팀버는 갓 성체가 되었을 무렵, 스물네 마리 중에서 유일하게 살아남은 놈이었다. 철창을 열었을 때, 팀버는 마지막까지 버티던 놈을 질질 끌고 와 내 앞에서 물어 죽이고는 날 올려다보았다. 나 잘했죠.

　　그 일의 뒤처리는 몸서리를 칠만큼 힘들었다. 팀버는 살기 위해서 다른 녀석들과 싸운 게 아니었다. 그저 자신에게 거슬리기 때문이었는지 제 자신을 과시하고 싶었는지 이유는 제대로 알 수 없었으나 애초에 녀석들 사이에 있던 일을 싸움이라고 해야 할지도 의문이었다. 싸움은 서로의 힘이 비슷해야 성립한다. 하지만 팀버는 상처

는커녕 가벼운 생채기 하나 찾아보기 힘들었고, 죽은 녀석들은 똑같이 숨통이 끊겨있었다. 반항 한번 해보지 못하고 죽은 것이었다. 살아남은 녀석이 팀버와 팀버가 일부러 살려두었던 녀석밖에 없었기에 죽은 녀석들의 고기도 거의 줄지 않았다. 평소에는 뼈와 조금밖에 남지 않은 살점들만 처리하면 됐었지만 팀버의 경우에는 말이 달랐다. 이 많은 양을 파묻을 수도 없었고, 죽은 지 오래되어 부패가 시작된 시체를 어디엔가 팔아넘길 수도 없었다. 결국 크기가 좀 작은 녀석들만 땅에 파묻었고, 나머지 열댓 마리는 몇 다리 건너 도축장을 운영하는 사람에게 맡겨 잘게 다졌다. 아마 다른 동물들의 사료에 들어갔겠지.

　　한 철창 안에는 보통 예닐곱 마리가 들어가 있다. 먹이는 하루에 두 번씩, 살아있는 것들을 던져준다. 보통은 닭, 길거리에 돌아다니는 고양이나 개를 넣어줄 때도 있다. 먹이가 너무 적으면 녀석들끼리 싸우는 일도 있었다. 싸우는 것 자체가 나쁜 일은 아니었지만 관리가 잘못되어 예상치 못하게 죽기라도 한다면 난감해지기에 먹이는 넉넉하게 넣어줘야 한다. 살아있는 것을 넣어주는 이유는 당연히 녀석들의 본능을 일깨우기 위함이었다. 녀석들이 싸움을 멈춘다면 상품 가치가 떨어지기 때문에 그것을 적절하게 조절하는 것이 내 일 중에서 가장 중요한 일이었다. 새끼를 밴 암컷들이 생기면 암컷들만 따로 모아 관리하고, 새끼를 낳으면 바로 원래 철창으로 돌려보낸다.

팀버를 취급하는 방식은 당연히 특별했다. 팀버를 다른 녀석들과 섞이게 둔다는 것 자체가 녀석의 야생성과 강함에 대한 모욕이라고 생각해 사람을 불러 돈을 넉넉하게 쥐여주고는 팀버만을 위한 철창을 만들었다. 철창 두어 개 정도를 붙인 것과 흡사한 공간을 녀석은 혼자 쓴다. 당연히 먹이도 좀 더 신경 쓴다. 토끼나 새끼 돼지도 있었고, 한 번은 고라니도 넣어준 적이 있었다. 팀버는 포식자의 냄새에 겁먹은 채 날뛰던 고라니가 제풀에 지칠 때까지 기다렸다가 단번에 물어 죽였다. 영양제도 가끔 챙겨주고는 했다. 간혹 같은 일을 하는 사람들이 너무 특별대우해 주는 것 아니냐는 말을 할 때도 있었지만 녀석이 얼마나 보기 드문 녀석임을 안다면 이 정도쯤은 당연했다.

팀버의 단독철창은 내가 머무르는 공간에서 가장 가까운 곳에 위치해 있다. 시끄럽게 굴지 않아서 가까이에 있어도 크게 거슬리지 않았다. 그다지 넓지 않은 내 방은 방음벽이 쳐져 있고, 나와서 오른쪽으로 꺾으면 바로 팀버의 단독철창과 손님들이 왔을 때 접대하는 공간이 있다. 간혹 손님 중에 팀버에게 관심을 가지는 사람들이 있지만, 다들 내가 제시한 가격을 들으면 혀를 내두르고는 한다. 그런 사람들에게는 팀버를 팔 수 없다. 녀석의 가치를 알아보는 사람이어야만 한다. 손님들이 들어오는 통로는 널

찍이 만들었고, 그 옆으로 다른 녀석들의 철창이 있다. 경찰들이 들이닥치는 최악의 상황을 생각해서 좁은 쪽문을 마련했고, 산악용 자전거도 갖다 두었다. 의자에 앉아 통로를 바라보고 있자면, 이곳이 팀버를 위한 거대한 왕궁쯤으로 여겨지기도 했다.

보름달이 뜨는 밤이면 불협화음이 몇 시간 동안이나 계속되고는 했다. 늑대 같은 동물들은 달에 민감하다는 것이 영화에서만 나오는 일종의 설정쯤으로 여겼는데, 실제로 그런 것을 보니 처음에는 좀 신기하기도 했다. 주위가 어두워지고 달이 뜰 때면 누가 먼저랄 것도 없이 하울링을 시작했다. 한 달에 한 번씩 거쳐 가는 월례 행사였지만 익숙해질 수가 없어 난 내 방으로 피신해 있고는 한다. 물론 그러다가도 팀버가 낮게 으르렁거리면 금세 조용해지기 일쑤였다.

녀석은 명실공히 이곳의 우두머리였다. 다른 철창에 있어도 녀석의 냄새를 두려워하지 않는 늑대개는 없었다. 가끔 싸움이 격해진다 싶으면 팀버를 그 철창 안으로 들여보낸다. 팀버는 아무것도 하지 않고 가만히 다른 녀석들을 바라보고만 있지만, 녀석들은 금세 풀이 죽어 제자리에 주저앉아 오줌을 지리고는 했다. 이 녀석의 값을 치러줄 손님만 나타난다면 차 몇 대 값 정도는 손쉽게 받아낼 수 있을 것이다. 보물단지 같은 녀석.

불협화음 중창이 시작되었다. 어느 정도 시끄러워지면 팀버가 녀석들을 조용히 시킨다. 그러나 오늘은 한참이 지나도 단독 철창 안이 조용했다. 이상하다. 나는 각각의 철창들을 몽둥이로 내리쳐 중창을 멈추고는 팀버의 철창으로 다가갔다. 내가 온 것도 모르는지 죽은 듯 엎드려 있었다. 미동조차 없었다. 이름을 불러보았지만 듣고 있다는 기색도 내비치지 않았다. 어디 아픈 건 아니겠지. 더럭 겁이 났다. 그런 낌새는 없었는데. 하지만 이대로 방치했다가 녀석이 죽기라도 한다면 그간의 노력이, 차 몇 대가 날아간다. 난 급한 마음에 떨리는 손으로 철창에 열쇠를 꽂아 넣고 문을 열었다.

그 순간 팀버가 나를 밀치고 밖으로 뛰쳐나갔다. 순식간에 일어난 일이라 내가 바닥에 넘어지고 나서야 무슨 일이 일어난 건지 알아챘다. 팀버는 내가 문을 열기를 기다리고 있었다. 녀석은 어떻게 알았는지 바깥으로 향하는 문 쪽으로 직행했다. 몸을 추스르고 일어났을 때는 이미 몸을 내던져 쪽문을 열어젖히고는 산으로 나간 뒤였다. 무모하다는 것을 알면서도 팀버를 쫓아 나갔다. 들키면 끝장이었다. 녀석이 시내 쪽으로 내려가거나 등산객이라도 만나게 되는 날에는 내가 철창에 들어가게 될 것이다.

녀석이 지나간 길은 온통 아수라장이었다. 짓이겨진 풀, 드러난 나무뿌리, 땅을 긁고 지나간 발톱 자국까지. 수면총을 갖고 나왔지만 제대로 쏘는 법을 배운 적도, 써본 적도 없었기 때문에 달리고 있는 팀버를 맞출 자신은 없었다. 멈추기까지 기다려야 했다.

난 최대한 발걸음을 죽이며 갑자기 멈춰 선 녀석에게로 다가갔다. 무언가를 찾는 듯 연신 두리번거리다가 달을 쳐다보더니, 장전을 할 시간도 주지 않고 다시 달려나갔다. 난 정신없이 녀석을 뒤쫓았다. 내 발에 내가 걸려 넘어졌으나 아픈 티를 낼 시간도 없었다. 갇혀있었다고는 하나 녀석은 늑대다. 한번 멀어지기 시작하면 내 달리기로는 녀석을 따라잡을 방법이 없다.

낮고 긴 하울링이 들렸다. 왼쪽으로 길을 급하게 틀었다. 날 부르고 있다는 착각마저 들었다. 내가 오래도록 팀버를 쫓아가지 못하고 있으면 다시 하울링이 들렸다. 뒤는 생각하지 않고 그 하울링을 따라 내달렸다. 녀석이 나를 조련시키는 기분이었다. 나 여기 있어요.

갑자기 시야가 탁 트였다. 산의 절벽 쪽으로 나온 모양이다. 깎아지르는 듯한 바위 위에, 녀석이 앉아있었다. 제발 움직이지 마라, 녀석이 알아들을 리가 없다는 것을 잘 알면서도 다급하게 중얼거렸다. 난 수면총을 장전했다. 커다란 하울링이 터져 나왔다. 난 고개를 쳐들었다. 팀버는 바위 밑으로 내달렸다. 쿵.

정신이 아득해졌다. 내 돈. 수면총을 떨어뜨렸다.

뒤에서 이상한 소리가 들려 뒤를 돌아보았다. 달에 미친 광대가 이쪽으로 달려오고 있었다.

온전한 사랑

다른 사람들에게도 사랑받는 글을 쓸 수는 없을 것 같으니 나 자신이라도 온전히 사랑할 수 있는 글을 쓰자고 생각했었습니다. 내가 썼기에 어느 부분이 부족한지 누구보다 잘 알고 있습니다. 그렇게 도저히 예쁘게 보이지 않는 글을 온 마음으로 사랑하는 일은 여전히 어렵습니다만, 저보다도 먼저 그런 글을 사랑해 주셔서 감사합니다. 글을 담기에 제가 가지고 태어난 사랑은 약소한가 봅니다.

글이 뭔지도 모르면서 그저 글을 쓰고는 있지만, 철이 들거나 나이가 더 든다고 해도 알 수는 없으리라는 생각이 듭니다. 지금껏 수많은 위대한 작가들이 닦아놓은 길임에도 한 발짝씩 주저하며 내딛는 것이 글의 본질이라면 차라리 즐겁게 걸어보겠습니다. 글을 쓰고 싶어 흰 화면을 켜놓고 한 자도 쓰지 못해 답답해서 울었던 날들이 있습니다. 가슴에 쌓여있던 셀 수 없는 답답함이 조금은 흩어지는 기분입니다.

당선 소식을 듣고 하루 종일 노트북만 붙들고 있는 줄 알았더니 뭐가 나오긴 한다고 말한 가족들이 앞으로는 더 자주 웃었으면 좋겠습니다. 하나하나 기록하다가는 분명히 한두 명을 놓칠 것 같아 친구들의 이름은 적지 못할 것 같습니다. 만나면 실없고 이상한 소리만 하며 깔깔대는 모든 시간이 나에게는 귀중합니다. 내 곁에 있어 주는 모든 이들에게, 내가 표현하길 부끄러워하는 무뚝뚝한 사람이라 미안합니다. 당신들이 나를 생각하는 만큼, 나도 당신들을 생각합니다.

글을 쓰는 사람이 되어야겠다고 생각한 지 8년이 지났습니다. 그때도 지금도 여전히 글을 쓰고 있습니다. 앞으로도 그러리라 확신합니다. 밤이 일찍 걸음 하는 계절이 되었습니다. 눈부신 밤입니다.

가작

박우림

호모 콰이어트 사피엔스

박우림

2003년생. 자연 속에서 공상하기를 좋아하는 새내기.
경춘선을 타고 다닙니다. 삶이라는 조각으로
연극이라는 퍼즐놀이를 합니다.

무대는 나무가 많은 시골 마을이다.

　　　사람을 제외한 태양, 북풍, 직박구리, 다람쥐는 목소리만 등장하며 소년은 높은 오동나무 위에 올라갔기에 땅에 비치는 그림자로만 보인다.

등장인물

소녀 1

소녀 2

옆집 남자

뒷집 남자

앞집 남자

태양

북풍

직박구리

다람쥐

소년

(소녀들이 공기놀이를 하며 서로 애기를 한다.)

소녀 1: 너 그 남자애 알아?

소녀 2: 아~ 그 애?

소녀 1: 그 애는 오늘도 올라갔대!

소녀 2: 오늘은 뭐야? 단풍나무? 참나무?

소녀 1: 이장 할아버지가 아끼는 오동나무!

소녀 2: 걔는 왜 그런다니!

소녀 1: 난 모르지!

소녀 2: 하기야, 어떤 여자애가 걔에게 말을 걸겠어! 뭘 물어봐도 멀뚱히 쳐다만 볼 뿐이잖아!

소녀 1: 사실은 말이야, 아무도 이유를 모른데! 마을 사람이나 마을 밖 사람이나 아무도.

소녀 2: 너도, 나도?

소녀 1: 응, 너도 나도. 이제 갈까?

(소녀들이 공기를 챙겨 사라진다. 배경은 마을
구멍가게 앞으로 바뀐다. 남자들이 등장한다. 그들은 각각
소년의 옆집, 뒷집, 앞집에 사는 사람들이다.)

옆집 남자: 내 생각에 그 꼬마는 키가 커 보이고 싶은 거야.

뒷집 남자: 설마! 시간이 지나면 어련히 클 것을! 뭐 하러

그런 무모한 짓을 해?

옆집 남자: 소년들은 어릴 적엔 항상 소녀들보다 작잖아. 당신네도 나도 꼬마만 할 땐 아내들보다 훨씬 작았어. 한 뼘씩은 더 작았다고. 나는 그래서 하이힐을 신고 싶었어.

앞집 남자: 하이힐? 누구 하이힐?

옆집 남자: 우리 누나의 하이힐. 내가 열 살 때인가? 누나는 말이야, 도시에 가서 빨간 하이힐을 사 왔거든. 반질반질 윤이 나서 자기 발에 쏙 맞게 신으면 누나의 얼굴은 아주 밝아졌지.

앞집 남자: (낄낄 웃으며) 그래서, 신어 봤어?

옆집 남자: 이 사람아! 생각만 했지! 누구 놀림당할 일 있나!

뒷집 남자: 하지만, 그 애는 충분히 커. 아마 어른이 되면 우리보다 더 커질걸? 내 생각에는 그 애는 분명 열매를 모으려는 거야. 얼마나 탐이 나겠어. 빨갛게 익는 자두들, 고소한 호두! 알잖아, 우리 모두 그렇게 커 왔다는 걸. (헛기침하며) 그 애가 좀 유별나긴 하지만.

옆집 남자: 에이, 걘 열매 없는 나무에도 오르잖아. 그 애는 겨울에도 나무에 올라가 있어. 게다가 나무에서 아무것도 가지고 내려오지 않아.

앞집 남자: 에헤이! 그만 말하세! 우리가 그걸 물어본 것이 어디 한두 번인가? 물어봐도 그 애는 말이지! 알려줘야 할

의무가 있냐는 양 날 빤히 바라보더라니까? 이장 어르신의 오동나무 위에서! 대답도 안 하는 애에게 뭘 바라나.

뒷집 남자: 의무가 있냐고? 이런 맹랑한 것을 봤나!

옆집 남자: 그 녀석 참 영악하군!

앞집 남자: 우리 이러고 있지 말고 각자 할 일이나 하자고. 한가하게 나무나 타는 입 꾹 닫는 녀석과 달리 우리 같은 어른들은 바쁜 법이야.

(남자들이 어깨동무를 한 채 무대 뒤로 사라진다.
태양과 북풍의 목소리가 들린다.)

태양: 그 아이는 내 신자가 틀림없어! 높이, 높이 올라갈수록 나와 가까워지지. 내 기운을 받고 강한 사람이 되기 위해 노력하는 저 아름다운 모습을 봐. 얼마나 예쁜지, 나는 항상 그 아이가 나무 위에 올라가면 더욱 강하게 햇살을 내리쬐곤 해. 그럼 그 애는 활짝 웃어줘.

북풍: 허? 무슨 소리를 하는 거야? 그 아이가 나뭇잎 사이사이를 흔드는 바람을 느끼는 걸 보지 못한 거야? 그 아이가 나를 향해 휘파람 부는 것을 보지 못했니? 나도 똑같이 휘파람을 불어주었어. 그 아이와 함께 노래했다고. 눈이 있으면 똑바로 봐!

태양: (흥, 하며) 우리에게 눈이 어디 있니.

북풍: 아무튼 내 말은 '똑바로 보라'는 말이야. 그 아이는 날 사랑해. 날 사랑해서 나무에 오르는 것이야. 나와 노래하기 위해서!

태양: 그건 내가 하고 싶은 말이야. 이럴 게 아니라 물어보는 게 어때?

북풍: 사실, 안 그래도 물어봤어.

태양: 그래? 그 애가 뭐라든?

북풍: 그게 말이지, 난 이렇게 물었어.

북풍: 거기, 나무 위 소년! 왜 매일 같이 나무에 오르는 거니? 높거나 작거나 아름답거나 가지밖에 없거나 상관없이 나무에 오르는 이유가 나는 너무나도 궁금하구나.

태양: 그래서? 대답은?

북풍: 그 애는 말했어. '그걸 물어보는 이유가 뭔가요?'

태양: 아하! 알았다.

북풍: 무엇을?

태양: 그 애가 나무를 오르는 이유를 우리 둘 다 알 수 없을 거라는 것!

북풍: 너는 항상 그렇게 네가 다 아는 것처럼 굴어. 전의 우리가 나그네의 옷을 벗기려던 것처럼!

태양: 이번에는 우리 둘 다 아무것도 하지 못할걸. 우리 둘다 진 거야. 혹시 모르지, 다람쥐나 새들은 알지도.

(새가 지저귀는 소리, 다람쥐가 찍찍거리는 소리가
들린다. 커다란 나무가 보인다. 소년의 발이 흔들리는
그림자가 보인다. 소년의 휘파람 소리가 들린다.)

직박구리: 내가 궁금한 건 한 가지야, 소년.

다람쥐: 내가 궁금한 건 두 가지야, 소년.

소년: (질렸다는 듯) 내가 나무를 타는 이유?

직박구리: 네가 내 알을 훔쳐 가진 않을 거지?

다람쥐: 내가 모은 밤알들을 훔쳐 가진 않을 거지? 내가 낮
잠 자고 싶은 가지를 차지하진 않을 거지?

소년: 응. 그런 것엔 관심이 없어.

직박구리 & 다람쥐: 그럼 대체 왜? 왜 매일? 왜 나무를?

소년: 나무면 안 돼? 매일이면 안 되는 거야?

직박구리 & 다람쥐: 안 되는 건 아니지만…….

(소년은 휘파람을 한 번 더 분다.)

직박구리: 하긴, 내가 지저귀지 않고 짖는 이유도 나랑 내
깃털만 아니까.

다람쥐: 그러게. 내게 줄무늬가 생긴 이유도 나랑 내 이빨
만 아니까.

소년: 깃털도 이빨도 너희에게 질문하지 않겠지?

직박구리 & 다람쥐: 그렇지.

  (소년은 나무에서 내려온다. 휘파람을
 몇 가락 더 분다. 무대에서 보이는 나무 뒤로 내려왔기
    때문에 여전히 그림자만 보이는 소년이다.)

소년: 나무도 마찬가지야. 아마, 다들 내일도 엄청 질문할
텐데. 다들 대답을 듣는 방법은 모르니까.

  (소년은 천천히 무대 뒤쪽으로, 제 갈 길을 간다.
   직박구리도 다람쥐도 어디론가 사라진다. 이장의
     오동나무만이 무대에 남아있다.)

소년이 왜 나무를 타는지 질문하지 않으며 글을 쓰고자 애를 썼습니다. 모든 것에 이유를 설명해야 하는 세상에서 친절하고 사려 깊은 글을 쓰고 싶었습니다. 그런 마음이 소년, 그리고 극 중의 모든 조용한 인간들의 이야기로 이어졌습니다. 말이 없거나 내성적인 게 아니어도 누구나 '호모 콰이어트 사피엔스'일 수 있다는 것 또한 보여주고 싶었습니다. 이 글을 읽는 이들이 자신 안의 그 부분을 사랑해 주었으면 합니다.

      이 작품을 쓰고 있던 하계 워크숍 기간 중 동기들과 걸어서 이십 분 걸리는 편의점에 가면서 했던 놀이가 생각납니다. 주차장에 놓인 의자 하나를 보고 한 사람이 하나씩 문장을 말해 이야기를 이어 나갔습니다. 결말까지 어떻게 이어졌는지는 기억이 잘 나지는 않지만, 즐거워서 시간 가는 줄 몰랐던 것은 분명합니다. 이 시간 또한 연극이지, 라는 생각에 희열을 느꼈습니다. 글을 쓰느라 괴로운 순간들도 많지만 저는 계속 이때의 기억을 토대로 주변을 사유해나갈 것입니다.

      많은 훌륭한 작품들 속 〈호모 콰이어트 사피엔스〉를 뽑아주신 심사위원분들과 좋은 취지로 이 공모전을 준비해주신 군산의 책방지기분들께 감사드립니다. 그리고 언제나 제게 좋은 에너지를 주는 사랑하는 내 동기와 선배들, 그리고 응원하고 격려해주시는 학교의 선생님들도 모두 고맙습니다. 무엇보다도 제 꿈을 늘 지지해주는 우리 똥실가족, 특히 제가 자연에서 뛰놀고 따뜻한 글을 쓸 수 있게 아낌없이 지원해준

저의 영원한 첫 번째 독자 우리 엄마에게 가장 큰 감사를 전합니다.

앞으로도 기쁜 마음으로 써나가겠습니다.

가작

양준서

지옥의 생물학자

양준서

2001년생. 다정한 이야기를 써내려고 합니다.
제가 생각하는 다정함은 어떤 완전한 선의나 친절함
같은 것들보다도, 누군가를 해치지 않고자 하는
마음입니다. 사람들에게 상처 주기 쉽고 친절하기
힘든 세상입니다. 서로에게 울타리를 한편 내어줄 수
있길 바랍니다.

차라리 AI 개발자를 부르는 게 낫지 않을까 생각했다. 나는 지옥에서 포유류를 분류하는 일을 맡았다. 갓 죽은 종들이 길게 줄을 섰고, 난 죽은 눈깔을 하고 그들을 분류했다. 닭이나 돼지가 끔찍할 정도로 많았다. 가장 뒷줄은 살았던 시간보다 죽어 있던 시간이 더 길 정도로 줄은 끝이 없었다. 분류장의 관리자는 천사였다. 진짜 천사는 아닌 것 같았는데 모습은 분명 천사였다. 아마 이제 막 죽은 종들에게 천국이라는 인식을 주고 싶었는지도 모르겠다. 어찌 됐든 여기는 지옥이었다.

　가뜩이나 바빠 죽겠는데 종들끼리 울타리를 침범하는 경우가 많았다. 유난히 천사는 구분을 못했다. 나 같은 생물학자들이 그들을 재분류하는 일을 도맡았다. 천사가 인간 세상에서 착안했다고 자랑한 울타리는 오래된 나무로 되어 있었다. 오래된 데크보다 썩은 나무에 가까운. '이왕 만들 거면 나무 말고 철제로 하지'라고 생각했다. 종들끼리 울타리를 침범하는 이유는 물 때문이었다. 몇 없는 호수를 인간이 차지하고 있었다. 지옥에서는 물을 마실 필요도 없었는데 그들은 유유자적하게 물 위에 둥둥 떠 있거나 수영 대회를 했다. 죽어서도 여전히 무용하고 소모적인 행위를 해왔다.

아무튼 코뿔소들이 먼저 울타리를 부쉈고 그 뒤를 따라 돼지들이 달려왔다. 우왕좌왕하던 인간들이 나자빠지거나, 공중으로 날아갔다. 돼지들은 호수 끝 쪽 진흙탕을 차지했다. 나는 천사를 설득해서 인간을 원래 코뿔소가 살던 우리로 몰아넣었다. 많이 좁아 보였지만 나름 괜찮은 듯했다. 그들은 적응의 동물이니까.

다른 인간들에 비해 과분한 처사를 받는 것 같다고 천사와 티타임을 가지며 생각했다. 천사는 지구의 카페인에 취한 듯 지옥의 비밀을 가끔 누설했다. 그렇다고 지옥에 오는 이유를 알려주다니. 마음 같아서는 천사의 상사에게 일러바치고 싶었다. 그 이유는 너무 모호했다. 누군가를 죽이고 싶은 마음을 품기만 해도 지옥에 간다고 했다. 인간이야 그렇다 치고 소, 돼지, 오랑우탄은 도대체 누구를 죽이고 싶어 한 거야? 너무 깊은 생각은 정신건강에 안 좋았다. 뭐, 나 같은 경우는 실험실의 쥐려나.

가끔 익숙한 기업가나 독재자 또는 정치꾼들이 보였다. 그들을 맹수 쪽으로 분류하곤 했다. 몇 번 천사한테 걸린 적도 있었지만 어쩐지 그는 납득하는 표정으로 사자 우리에 그들을 가뒀다. 이럴 땐 지옥에 AI 기술이 들어오지 않은 게 다행이었다. 내 자리를 뺏기고 싶지 않기도 했다. 종 분류는 인간이 참 탁월하게 잘했다.

생물학자가 나오는 이야기를 좋아해요. 글로 쓸 때는 지식백과 같은 곳에서 주인공이 연구하고 있는 종에 대해 찾아봐요. 그러면 동물 이름과 학명이 뜨고, 그 아래에 계, 문, 강, 하강, 상목, 목, 과 이런 식으로 분류가 따라오더군요. 그걸 보면서 다른 의미로 인간이 참 종 분류를 잘한다는 생각이 들었어요. 그래도 소재로 좋은 단어들인데, '기후변화에 따른 척삭동물문의 육종 연구' 이런 식으로 등장인물의 연구 주제에 대해 써놓으면 (제가) 전문가가 아니어도 뭔가 있어 보이는 문장을 쓸 수 있게 되더라고요.

　　　공장식 축산에서 일어나는 일련의 과정 때문에 우리는 지옥에 가지 않을까 하고 가끔 생각해요. 사후세계가 있다고 믿지는 않지만, 누구나 마음속에 천국과 지옥을 품고 사니까요. 저는 완전히 무교예요. 그런데 어릴 때는 성당 어린이집을, 기독교 중학교를, 불교계 고등학교를 나와서 기도하는 게 습관이에요. 이런 교육적 특혜로 인해 천국과 지옥에 대한 생각 또한 하게 됐지요.

　　　고기가 접시에 담겨 나왔을 때 자각하지 못하겠지만, 제가 느끼기엔 '먹고 싶다'라는 생각이 '죽이고 싶다'와 똑같아 보였어요. 글에서도 지옥에 가는 이유가 '누군가를 죽이고 싶다는 생각'이에요. 이렇게 되면 거의 모든 인간들이 지옥에 떨어지고 말겠죠.

　　　보통은 다정한 이야기를 쓰려고 하는데 〈지옥의 생

물학자〉는 주요한 흐름이 없고, 블랙 코미디적인 요소가 너무 강한 글이었네요. 원래 글 쓸 때도 여러 가지 주제를 한꺼번에 다루곤 해요. 이제야 단편으로 확장하는 연습을 해나가고 있는데, 긴 글을 쓰기 위해서는 더 많은 말을 들어야겠다는 생각을 했어요.

얼마 전 수업에서 《차이와 타자》를 읽었는데, 사유하기 위해서는 트라우마가 있어야 한다고 나오는 거예요. 그래서 도대체 이게 무슨 말인가 했더니, 본문에서 "낯선 자로서 타자의 면모는 그 타자가 죽었을 때 극대화된다"라고 나와요. 이걸 보고 여러 가지 사건들이 떠올랐어요. 어쩌면 그 죽음 자체만으로 사회적 트라우마를 자아냈던 일들이었죠. 이런 사유는 자신의 죽음을 경외시하는 것이기도 하고, 더 나아가 타인을, 거시적으로는 지구 전체의 죽음을 감각하는 일이라고 혼자서 정리했어요. 물론 책이 말하고자 한 바와는 다를 수 있겠지만요.

트라우마는 상실을 나타내요. 하지만 그 상처를 통해 사람들은 세계와 소통할 수 있는 가능성이 열리기도 해요. 우리가 '먹고 싶다'를 '죽이고 싶다'로 치환할 수 있을 때, 세상을 받아들일 준비가 된다고 생각합니다.

가작

이생문

갯벌이라는 이름, 어머니
고소한 꽃송이 피는 날
풀씨네 집

이생문

은퇴 후 홀로 습작하며 시와 인연을 맺었다.

2018년 대한불교조계종 10.27 법란 문예 대상,

2020년 경북일보문학대전 동상,

2022년 원주생명문학상 대상 등을 수상했다.

갯벌이라는 이름, 어머니

캄캄한 뻘 속 들여다보는 내시경 같은 손
여러 개 숨구멍 염탐하며 갯것의 행적을 추적했다
손가락 사이로 빠져나간 바다 서운해하는 빈손 달래며
끼니가 될 만한 건 닥치는 대로 건져 올린 어머니,
해거름에 뱃머리 돌려 토방에 정박한 고무신
유년의 작은 눈에는 선창에 계선한 배보다 컸다
미끄러운 뻘 속 세상 믿을 수 없어
헐떡거린 신 새끼줄로 묶어 고정하고
갯벌의 속마음을 묻던 당신
장딴지 휘감은 하지정맥 저려도
묵직한 망태기 위로 통증을 견디는 소리 잔잔했다
폭풍우 몰아치는 날에도
내일이면 일터로 나갈 수 있다는 희망이 출렁였고
만신창이가 된 신발 바다에 띄워 닦으면
땀방울 윤슬로 반짝이는 미래가 보였다
가족을 태우고 끝없는 고해를 항해하던
물살에 부서진 뼈마디 삐걱거리는 소리
갯바위 울음보다 아프고

모진 운명이 키운 풍랑에 시달리며
한 발짝씩 생의 희망을 늘려가던 당신
삭아 너덜너덜한 고무신 한 켤레
빈집 툇마루에 장기 정박한 채
돌아올 수 없는 세월을 기다린다
뱃머리 돌려 하늘로 간 지 이십 년
어느 별 포구에 닻을 내렸는지
벽을 잡고 울먹이는 망태기에서 갯것들
철썩이는 소리만 적막하다

고소한 꽃송이 피는 날

동네 입구
주말마다 허허로운 시간을 튀기는 노부부
뻥이요! 한마디에 온 동네 하얗게 튀겨져
나비처럼 날아가는 소문
출출한 손을 잡고 나오고

뻥튀기 한 줌 입에 넣고 깨물면,
무쇠 통 속 여름과 무거운 생의 압력 견디며
부러질 듯 단단한 삶의 알갱이 튀기던 가장이 된 어머니
당신의 하얀 마음에서 고소한 냄새가 풍겼다

한때, 내일로 가던 오늘이 뻥튀기 한 가마니 들고 가며
딱딱한 세상 한 번 튀겨볼 순 없는지
한방에 꽃송이 같은 마음이 되는 비법은 없는지
궁리하다 새까맣게 타버린 생각의 쓰디쓴 뒷맛

저이도, 살면서 튀겨보고 싶은 자신의 삶
얼마나 간절했을까

꽃 한 송이 피우기 위해 천둥 같은 소리로 울어야 했던
삶에 속지 말라고, 세상에 속지 말라고
"뻥이요!"

마지막 생에 불붙여 남은 날 하얀 꽃으로 피울 줄 아는
노인의 가슴으로 달콤하고 보드라운 노을이 지고 있다

풀씨네 집

땅 기운 하나 없는 딱딱한 콘크리트 마다치 않고
햇살도 바람도 간섭 없이 누릴 수 있는 한갓진 곳으로
날아왔다, 더 높이

성씨로 보아 지체 높은 가문은 아니어도
계절을 적어둔 이파리를 읽으며
목마름 견디는 법을 배우고
노숙에서 살아남는 법을 익히는

소박한 풀씨 가족
관리사무소 입주 절차도 모른 듯 당당하게
파란 하늘 지붕이 아름다운 이십 층 옥상에
거처를 마련했다
거센 바람도 눈감아준 모퉁이
몇 대째 살고 있는 듯 슬하에 식구가 포기를 이뤘다

바닥의 금간 틈 흙에 적은 씨알의 유언
내년에는 더욱 번창해야 한다고

잘 여문 가을 햇살에 다음 생을 걱정하는 문장 두툼하다

이 먼 곳 어찌 알고 왔는지
어깨춤 추고 들어오는 나비 손님 반갑게 맞는 풀꽃
뭉게구름보다 넉넉한 심성이다

작년 여름 장마에 속절없이 떠밀려
어느 낯선 강변에 자리 잡은 풀도
다가올 추위와 미래의 두려움 이기고
새살 돋아 꽃을 피웠다

풀의 세계는 잘난 사람보다 훨씬 위대하다

나이가 들어갈수록 차마 늙을 수 없는 마음이 아팠습니다. 그럴 때마다 잘생긴 시로 목을 축이며 생각했습니다. 맑고 가슴 시린 문장 펑펑 쏟아지는 우물 하나 파보자고.

하얀 종이 위에 글씨 한 알 한 알 뿌리면 나름 아름다운 시 한 송이 곱게 피어 있고, 외롭고 슬플 때마다 내 편이 되어준 시. 가끔 세상에 이름이 알려지는 수상 소식에 역시 인생은 짧고 예술은 길다고 생각하며 홀로 행복에 젖었습니다.

그렇게 가슴 한편 시인 한 분 모신 지 육 년, 결과모지結果母枝에 열린 시를 따 먹으며 마음이 더욱 푸르러져 갑니다. 하지만 때로는 이런 글도 시가 되는지 아직 자신이 없어 몇 번이고 퇴고를 거듭합니다.

행여 설익은 마음 하나 설치해 놓고 부끄러운 연습을 하는 건 아닌지, 옹알이 같은 푸념을 시로 읽어 주신 심사위원 선생님 감사합니다. 그리고 어려운 여건에서도 문학을 사랑하는 마음에 귀한 자리를 마련해 주신 관계자 여러분 진심으로 감사의 인사 올립니다. 다시는 홀로 외로워하지 말라는 격려의 따뜻한 손길로 생각하며 더욱 정진하겠습니다.

응모우수상

김현지

가장무도회
why-eat
말말말

김현지

신나는지 낯선지 긴 시간 유의미한지 질문합니다.
저를 소개하는 자리에서 항상 제일 앞에 꺼내놓는
문장입니다. 이 문장을 바라보거나 발화할 때마다
어떤 곳으로 가고 있는지 깨닫곤 합니다.

가장무도회

무도회가 있다

어제까진 분명히 없었다

가장자리에는 아무도 없다

가장들이 모여있다

가장 옆에는 가장이 있다

가장 끝에서 떨어지지 않으려면 몸부림쳐야 한다

마치 춤 같았다

가장의 한복판에서

가장 가장자리에 있던 모습을 그러모은다

꾸밈 있고 자연스러웠다

그제야 가장 자신 같았다

형형한 가장들이 밤을 밝히고

날이 밝아오면 정체를 감췄다

완벽한 탈

완벽한 일탈

완벽한 이탈

완벽함이 탈이다

가장이 말했다

이대로 그냥 콱 살고 싶어요

하곤 부리나케 자리를 떴다

가장은 어제와 똑같이 끝났다

내일에야 마주할 고백과 고발 사이에는

백발의 내가 있었다

why-eat

흰개미들은
기근에 먹을 것이 없으면
콘크리트까지 먹는다
모든 행복한 가족들은
서로 닮은 데가 있고,
모든 불행한 가족들은
저마다 독특한 방법으로 불쾌하다
그들은
흙으로 지은 높은 탑
영양가 없는 서로를
좀 먹고
좀 더 먹는다
신비한 것은 높다란 탑을
오직 몸에서 분비되는
타액만으로 짓는다는 것
무너지거나 비바람에 쓰러지지 않는다
콘크리트처럼 견고하다

말말말

가을은 천고마비의 계절이라

하늘은 높고 말은 살찐다

귀는 두 개인데 입이 많다

택시 미터기의 말이 달린다

말의 주인도 함께 달린다

백마의 몸값은 초 단위로 치솟고

말의 주인은 살찐다

어디 대학 다니느냐는 말이 선두를 달린다

그 뒤를 이어 대학 나와도 소용없다는 말과

그의 고졸 동창생의 80억 연봉과

50평 아파트와

k7 풀옵션과

그의 부모님께 드리는 달 200만 원 용돈이 달린다

8,000원어치의 대화

말은 결국에 도착했다

당선 소감

흘러가던 풍경 끝에 멈춰 선 이곳

어리둥절한 표정입니다.

흘러가는 풍경이 있어 앞으로 가는 줄로만 알았는데

땅이 팰 정도로 뱅글뱅글 돌고 있었습니다.

아무도 모르게 달리고 있었습니다.

사실은 돌고 있었습니다. (제 회전이 멋졌을까 궁금합니다.)

웃기고 부끄럽습니다.

흘러가던 풍경이 잠깐 멈췄습니다.

땀을 삐질삐질 흘리며 숨을 고르고,

앞과 뒤와 위와 아래를 번갈아 보았습니다.

제가 이곳에 있었네요.

바삐 움직이느라 살피지 못했던 쓸모를 응시했습니다.

글을 쓴 지 무척 오래되었어요.

이제 좀 더 자주 멈추고 둘러볼 생각입니다.

감사합니다.

응모우수상

반히

쇼쇼쇼

반히

만화책과 소설책 읽는 것을
좋아하는 아이였다. 어른이 된 지금은
그림책 작가로 활동 중이다.
장르에 구애 받지 않고 하고 싶은
이야기를 하며 살고 싶다.

드디어 샴쌍둥이 프로레슬러 거미 형제가

안방극장에 떴다!

이십오 년간 한 몸으로 살아온 형제 두일과 두식.

〈놀라운 TV! 특종을 잡아라〉에서 그들의 삶과

꿈을 최초로 만나보자!

최악의 신체 조건을 가졌지만 꿈을 향해

도전하는 그들의 감동적인 사연 속으로!

거미 형제를 만나려면 어디로 가야 합니까? 사람들은 카메라를 향해 한결같은 대답을 했다. 체육관으로 가세요. 이 길을 따라 안쪽으로만 들어가면 금방 찾을 수 있어요. 길을 따라 닮아 보이는 몇 개의 빌라를 지나자, 거미 형제의 모습이 담긴 거대 현수막이 보였다. 현수막이 덮고 있는 건물에는 폭풍우 체육관이라는 간판이 걸려있었다.

간판을 따라 들어선 곳에서 지하 일층의 입구로 내려가는 계단까지 똑같은 포스터가 나름의 간격을 맞추며 붙어 있었다. 거미 복장을 하고 허리에는 챔피언 벨트를 맨 거미 형제의 모습 뒤에는 포토샵 효과로 보이는 후광이 비추고 있었다. 사진 아래에는 '프로레슬러 거미 형제를 탄생시킨 폭풍우 체육관! 폭풍우 체육관은 제2의 거미 형제를 꿈꾸는 신인 프로레슬러를 모집합니다. 승리는 도전하는 자의 몫입니다! 지금 도전하십시오!'라는 문구가 보였다. 카메라는 몇 장의 포스터를 훑고는 문을 열고 들어섰다.

카메라는 체육관의 전체 모습을 담아냈다. 왼쪽 벽면에는 체육관 관장과 헐크 호건이 어색하게 엄지손가락을 치켜들고 있는 커다란 사진이 걸려있었다. 아래에는 20XX년 8월 체육관 방문 기념이라는 글자가 새겨져 있었다. 체육관 중앙에는 갖가지 운동 기구와 운동하는 사람들이 보였다. 샌드백 치는 사람, 줄넘기하는 사람, 쌍절곤 돌리는 사람 등 모두 체육관 마크가 찍힌 운동복을 입고 땀을 흘리며 운동을 하고 있었다. 똑같은 운동복은 모든 사람을 비슷하게 보이게 해서 구석진 곳에 있는 거미 형제를 쉽게 찾을 수 없었다. 언뜻 보기에 두 사람이 마주 보고 운동을 하는 듯했다. 하지만, 실제로는 몸의 일부가 붙어 있는 샴쌍둥이였다. 각자의 상체가 골반에서 붙어 대각선 형태로 만나 있었다. 그래서 똑바로 선다거나 걷는다는 것은 무리가 있었다. 몸의 앞면은 위로 향해 있고, 팔은 굽혀 땅을 짚었다. 다리 또한 무릎을 굽힌 상태로 아래였다. 팔과 다리로 몸을 지탱해서 땅을 내딛고 있었다. 그 모습은 여러 개의 다리가 달린 거미를 연상케 했다.

카메라가 거미 형제를 향해 초점을 맞추었다. 거미 형제가 윗몸일으키기를 시작했다. 다리 여러 개를 아래로 뻗고 누운 채로 형제는 동시에 상체를 들어 올리고 내리기를 반복하였다. 하나에서 시작된 구령이 서른을 넘어가고 있었다. 형제는 상체를 들어 올릴 때마다 많은 양의 땀을 쏟았다. 카메라는 점점 거미 형제에게로 다가갔다. 안녕하세요? 여기 계셨군요. 늘 체육관에 계시나 봐요. 매일 운동하기 힘들지 않으세요? 가쁜 숨을 내쉬며 거미 형제 중 오른쪽이 대답했다. 전혀요. 저희가 할 수 있는 일이 있다는 것에 감사하고 있어요. 힘들지 않습니다.

윤 PD는 비디오의 정지 버튼을 눌렀다. 거미 형제가 처음 등장하는 장면이었다. 편집기를 이용해 화면에 '두일(거미 형제의 형 / 나이 : 25세)'이라고 적었다. 몸의 앞을 기준으로 오른쪽은 형 '두일'이고 왼쪽은 동생 '두식'이었다. 윤 PD는 내일 방송되는 〈놀라운 TV! 특종을 잡아라〉 거미 형제 편 촬영 비디오를 편집하는 중이었다. 이번 방송은 윤 PD가 특집 기획으로 몇 달에 걸쳐 준비한 거였다. 방송될

분량은 길어야 육십 분이었지만 촬영 분량은 스무 시간을 훌쩍 넘겼다. 윤 PD는 지난번 호평을 받았던 '손풍기 여사' 편 다음으로 화제가 될 거라는 기대를 했다.

윤 PD는 전에 주말 예능 프로그램을 맡았었다. 요즘 주말 예능은 리얼 버라이어티라는 슬로건을 앞세우고 어떤 뜻밖의 상황을 설정하고 캐릭터가 분명한 연예인을 집어넣으면 그만이었다. 연예인 각자의 캐릭터를 얼마나 잘 살리느냐가 시청률의 관건이었다. 그로 인한 부작용도 많았다. 과도한 캐릭터 설정은 여러 가지 변수가 많았다. 부정적인 캐릭터의 행동과 말은 시청자의 질타를 받거나 방송위원회로부터 징계를 받을 때도 있었다. 그래서 방송이 나간 뒤에 여론의 반응에 여간 신경이 쓰이지 않을 수 없었다.

하지만, 지금 하는 〈놀라운 TV! 특종을 잡아라〉는 장수 프로그램으로 정해진 포맷이 분명했다. 감동과 웃음 그뿐이었다. 주인공이 우스꽝스럽게 별나거나 남들과 차별화되는 감동적인 사연이면 되었다. 시청자 게시판에도 격려의 글이나 가슴 훈훈하다거나 하는 내용이 잘 올라왔다. 윤 PD는 정해진 포맷에 들어갈 좋은 아이템을 가지고 있는 주인공을 찾기만 하면 되었다. 그래서 이 프로는 크게 시청률의 변화가 없었다. 하지만, 시청률에는 리듬이 있었다. 열 번 방송에 한 번은 특별한 이야기를 가지고 있는 주인공이 필요했다. 그렇지 않고 고만고만한 이야기만 쭉 방송되면 시청률은 유지되지 않고 하락했다. 그래서 윤 PD는 시청자 제보뿐만 아니라 해외 토픽이나 작은 기사도 지나치지 않고 살폈다. 그러던 중 '프로레슬링 경기의 부활'이라는 제목의 기사를 보게 되었다. 샴쌍둥이 거미 형제의 경기 덕분에 침체한 프로레슬링 경기가 활력을 되찾고 있다는 짧은 기사였다. 그 기사가 나가고 얼마 지나지 않아 지상파 방송에서 거미 형제의 경기가 생중계되고 사람들의 이목을 끌고 있었다.

윤 PD는 거미 형제의 인기가 정점에 올라가기 직전인 지금 거미 형제에 대한 호기심이 제일 크다고 판단을 내렸다. 그래서 거미 형제 방송을 특집으로 기획하고, 직접 촬영과 인터뷰하는 일도 마다하지 않았다. 윤 PD는 현재 십 퍼센트대의 시청률을 이십 퍼센트까지 끌어 올릴 수 있기를 바랐다. 그렇게만 된다면 이번 해에 승진도 기대할 수 있었다. 편집을 계속하기 위해 재생 버튼을 눌렀다.

여태까지는 준비 운동이었다는 듯 거미 형제가 링 위로 올라갔다. 연습 상대 선수도 보였다. 링 위에서 거미 형제는 여러 개의 팔과 다리로 몸을 지탱하며 낮게 몸을 튕겼다. 거미 형제가 팔과 다리를 빠르게 바꿔주며 상대편 선수를 공격했다. 거미 형제가 초반에는 유리해 보이기도 했으나 아래에서만 공격해서인지 한계가 보였다. 거미 형제가 점점 코너로 몰렸다. 그때 거미 형제가 루프에 몸을 살짝 튕기면서 반동을 주더니 갑자기 일어서서 공격했다. 거미 형제의 필살기였다. 그 외에도 몇 가지 다른 기술로 상대 선수를 공격했다.

운동이 끝난 뒤 거미 형제는 집으로 가기 위해 거리로 나섰다. 카메라도 거미 형제를 따라갔다. **집이 여기서 가까운가 봐요?** 거미 형제는 손에는 가죽 장갑을 끼고 발에는 보통 사람들처럼 신발을 신었다. 시멘트로 덮인 거리를 손과 다리로 기어서 갔다. **아무래도 저희가 차를 운전할 수 있는 것도 아니고, 대중교통을 이용하기도 불편해서요. 체육관에서 멀지 않아요. 바로 여기예요. 다 왔어요.** 집에 도착한 거미 형제가 제일 먼저 하는 일은 화장실에 가서 손을 닦는 거였다. 거미 형제의 몸에 맞게 개조된 낮은 세면대에서 형제는 돌아가며 손을 씻었다. 그런 뒤에 부엌에 가서 저녁 준비를 했다. 두일은 양파를 손질하고, 두식은 두부를 썰었다. 그런 다음 준비된 재료를 냄비에 넣고 끓였다. 조그만 상에는 찌개와 김이나 김치 같은 밑반찬이 차려졌다. 다른 가정과 별반 다를 것 없는 저녁 식사였다.

밥 먹는 풍경을 뒤로 하고 카메라가 거실을 비추었다. 거미 형제의 눈높이에 맞게 가구들은 주로 낮았다.

책꽂이가 눈에 띄었다. 다양한 분야의 책이 고루 꽂혀 있었는데 특이하게 그림책이 많이 보였다. 아기자기한 삽화가 그려져 있을 것 같은 제목들이었다.《여우가 알을 낳았대》《마법사의 검은 고양이》《할머니 집에 풍선 타고 가자!》등등. 그림책이 많네요? 하는 말에 동생 두식이 대답했다. 그게, 그건 제 취미생활 중의 하나예요. 저희가 어렸을 때 동화책 볼 기회가 없었거든요. 얼마 전에 서점에 갈 기회가 생겼어요. 구획마다 책이 가득했죠. 그중에서도 저의 눈길을 끈 것은 아동서적 코너의 그림책이었어요. 주인공이 할머니 집에 가다가 길을 잃고 우여곡절을 겪지만 결국 할머니를 만나는 이야기, 못생기게 태어난 오리 한 마리가 다른 오리로부터 구박을 받지만 결국 백조가 된다는 이야기 같은 거였죠. 스무 장이 안 되는 그림 속에 존재하는 주인공이 아픔을 딛고 결국에는 행복해진다는 이야기들이 무척 마음에 들었어요. 그래서 그때부터 그림책을 사 모으기 시작했어요.

카메라가 책꽂이를 지나 벽면의 한 액자에 멈췄다. 집에 걸려있는 유일한 액자였다. 작은 액자 속에는 외줄타기 하는 여자 곡예사의 사진이 보였다. 이 사진은 누구죠? 두일이 대답했다. 돌아가신 어머니요. 저희를 낳다 돌아가셔서 실제로 본 적은 없어요. 듣기로는 안타깝게도 정신적으로 장애가 있으셨대요. 지능이 유치원생 정도밖에 안 되었다고 하더라고요. 하지만 보이는 대로 꽤 미인이셨죠. 카메라는 액자 속 사진을 확대했다. 곧 화면에 사진이 꽉 찼다.

윤 PD는 다시 비디오를 정지시켰다. 그러고선 사진 속 여자 곡예사를 찬찬히 살폈다. 여자 곡예사의 곧게 뻗은 몸과 두 손에 올려진 긴 장대는 완벽한 균형을 이루었다. 하지만 안정되어 보이지 않았다. 왜냐하면 여자 곡예사의 얼굴이 너무 불안해 보였기 때문이었다. 여자 곡예사는 초점을 잃은 멍한 눈을 하고 있었다. 심지어 입도 다물지 못하고 벌린 채였다. 약간 바보스러워 보이는 표정이었다.

윤 PD는 자신이 그때의 관객이 되는 상상을 해 보았다. 어두운 천막 안 서커스장은 낡고 허름하다. 허공에는 기다란 줄이 보인다. 그 끝에 한 여자 곡예사가 긴 장대를 들고 서 있다. 여자 곡예사는 앳되어 보인다. 많아 봐야 열여섯이다. 여자 곡예사가 외줄타기 묘기를 펼치기 위해 한 발을 딛는다. 여자 곡예사의 고개는 앞을 향했으나 눈동자는 허공을 응시한다. 다물지 못하는 입은 웃고 있는 것 같기도 하다. 무언가 잘못됐다는 생각이 든다. 한 발짝 나갈 때마다 여자의 눈동자가 흔들린다. 하지만 긴 장대는 흔들림이 없다. 긴 장대와 얼굴을 번갈아 바라본다. 눈의 초점이 흔들릴 때마다 몸의 균형을 확인한다. 여자가 반대

편 줄에 닿을 때까지 마음을 놓을 수 없다. 숨을 멈추고 지켜본다. 손에 땀을 쥐는 아슬아슬한 묘미를 느낀다. 그런 상상을 하니 윤 PD의 손이 진짜 땀으로 젖어 왔다. 손을 대충 옷에 문질러 닦았다. 그러고는 담배 한 개비를 꺼내 물었다.

윤 PD는 촬영하면서 거미 형제의 엄마에 관한 불편한 이야기를 알게 됐다. 그것은 서커스단에서 자란 거미 형제의 엄마가 오랫동안 같이 생활했던 단원들에게 성폭행을 당한 것이었다. 성폭행에 의한 사고로 거미 형제를 가졌지만, 거미 형제는 그 사실을 모르고 있었다. 윤 PD는 알게 된 사실을 어떻게 처리해야 할지 고민이 되었다. 담배를 대충 비벼 끄고는 일단 편집을 계속하기로 했다.

거미 형제의 어머니에 관한 이야기가 계속되었다. 외줄타기 같은 어려운 묘기도 아주 잘하셨고요. 아버지는 같이 훈련을 받으며 컸던 단원이었대요. 아버지는 어머니의 임신 사실을 모르고 곁을 떠나게 되었대요. 성공해서 어머니를 데려오리라 약속하고요. 아버지는 그 뒤로 한 번도 소식을 전하지 못했대요. 그 이유는 알 수 없지만 저희 형제는 아버지를 이해해요. 저희는 매일 다짐했어요. 반드시 성공해서 아버지를 찾기로요. 유명해져서 TV에까지 나오게 되면 아버지가 저희를 알아볼 수 있게요.

저런, 아버지가 이 방송을 꼭 보실 겁니다. 아버지에게 영상 편지를 보내 보세요. 혹시나 방송을 보시고 형제를 찾을 수 있게요.

"아버지! 보고 싶습니다! 보고 싶습니다! 하고 싶은 이야기가 너무 많습니다. 이 방송을 보시면 꼭 연락해 주세요. 아버지 이제 저희 형제가 편안히 모시도록 하겠습니다! 아무 걱정 마세요!"

형제는 한목소리가 되어 이야기했고 부둥켜안고 눈물을 쏟아 내기 시작했다.

윤 PD는 이 장면에 편지 모양이 들어간 배경을 선택해 깔았다. 잔잔한 음악도 넣었다.

이윽고, 틱탁! 테이프가 다 감겨 소리를 냈다. 윤 PD는 쌓여있는 촬영 테이프를 봤다. 그중에서 겉면 라벨에 '재현 장면 완성'이라는 테이프를 선택했다. 원래 있던 테이프를 뺀 다음, 이 테이프를 밀어 넣었다. 편집이 잘 됐는지 확인해 보고 싶어서였다. 재생 버튼을 누르자 회색 영상이 흘러나왔다.

19XX년 11월. 산부인과 병실로 만삭의 여자가 하혈을 하며 실려 왔다. 그 여자의 나이는 고작 열여덟 살이었다. 여자와 배 속 아이 둘 다 위험한 상태였다. 곧 수술이 이루어

졌다. 하지만, 여자는 수술 중 그만 죽게 되었다. 배 속 아이는 살릴 수 있는 가망성이 있었다. 그런데 배를 갈라 보자마자 의사와 간호사들은 경악을 금치 못했다. 예상치 못하게 아이는 하나가 아닌 둘로 쌍둥이였다. 게다가 두 아이의 몸의 일부가 붙어 있었다. 각각의 상체가 골반에서 만나 엇갈리는 대각선 모양을 이루었다. 그렇게 태어난 샴쌍둥이 형제는 건강했다. 곧 퇴원을 할 수 있었다.

형제는 죽은 여자를 제외하고는 가족이 없었다. 형제는 죽은 여자가 자라고 생활했던 서커스단으로 보내졌다. 서커스 단원들은 같이 지냈던 여자의 죽음을 슬퍼할 겨를도 없이 샴쌍둥이 형제의 모습에 놀라고 무서워했다. 아무도 형제에게 가까이 가려 하지 않았다. 그런 형제를 반긴 사람은 단장뿐이었다. 형제가 온 날 단장은 단원들을 일렬로 세운 뒤 마이크를 잡았다. 그러고선 샴쌍둥이 형제를 땡땡 서커스의 마스코트로 키우겠다는 포부를 단원들에게 전했다. 단원들은 잠자코 단장의 말을 듣고 있을 수밖에 없었다.

그날부터 단원들은 당번 날짜를 정해 돌아가며 형제를 돌봐야 했다. 어떤 단원은 형제에게 못되게 굴었다. 형제가 울면 달래주기는커녕 시끄럽게 군다며 문을 닫고 나가 버렸다. 엉덩이가 짓무를 때까지 기저귀도 갈아주지 않았다. 분유를 탄 젖병은 입에 물려주지 않고, 형제에게 던지다시피 했다. 그러면 배가 고픈 형제는 어렵사리 몸을 움직여 본능적으로 젖병을 찾아 빨아야 했다.

형제가 태어나서 한 달이 다 되었을 때였다. 단장은 급히 그날 당번이었던 단원을 불러 동사무소에 보냈다. 한 달이 지나도 출생신고를 하지 않으면 벌금을 내야 하기 때문이었다. 당번이었던 단원은 평소에 게으르고 무엇이든 똑 부러지게 하는 법이 없었다. 단원은 투덜대며 느릿하게 동사무소로 향했다. 동사무소 문을 열고 들어선 단원은 길게 하품했다. 자판기에서 무료 커피도 한잔 뽑아 마셨다. 잡지를 뒤적이다 흥미를 잃고 나서야 출생 신고서를 작성하기로 마음먹었다. 하지만, 출생 신고서를 몇 장 꺼내야 하는지 망설였다. 한 몸으로 태어났으니 한 명으로 신고해야 하는지 어쨌거나 쌍둥이였으니깐 두 명으로 신고해야 하는지 헷갈렸다. 단원은 담당 직원을 보았다. 퀭한 눈을 한 무료한 표정의 중년 남자였다. 단원은 출생 신고서를 들고서는 직원 앞에 종이를 팔랑거렸다. **쌍둥이이긴 한데 말입니다. 두 명이 한 몸에 붙어 있어서요. 출생신고서는 몇 장을 작성해야 합니까?** 그 말을 들은 직원은 퀭했던 눈을 반짝였다. 재밌고 흥분된 일이라도 생겼다는 듯 들떠 보였다. 코까지 벌름거리며 관련 서류를 뒤적였다. 그러곤 말을 이었다. **두 장을 작성해야 합니다. 머리가 둘이니 두 개의 정신을 가진 두 명의 인격체가 아니겠소. 그**

말을 들은 단원은 귀찮은 일이 두 배로 생겨 버렸다며 인상을 찌푸렸다.

　두 장의 신고서에 글씨를 대충 휘갈겨 내려갔다. 이름란은 빈칸으로 남겼다. 누구도 형제의 이름을 지어준 적이 없기 때문이었다. 단원은 그 일을 호기심 가득한 눈빛으로 쳐다보는 직원에게 떠넘겨도 좋을 것 같다는 생각이 들었다. 이름란이 비워진 채로 작성된 출생 신고서를 직원 앞으로 내밀었다. **아무거나 지어서 좀 써주시오.** 직원은 그래도 괜찮겠냐는 확인을 재차 했다. 이제 얼굴에 개기름까지 돌았다. 직원은 무료했던 근무 시간이 흥미로워지는 기쁨을 주체할 수 없었다. 오전 시간 내내 할애했던 점심 메뉴를 고민했던 일 다음으로 재밌는 일이 아닐 수 없었다.

　직원이 지은 이름은 두일, 두식이었다. 그 사연은 다음과 같았다. 두일을 한자 풀이로 풀자면 머리 두에 하나 일이었다. 몸은 하나이지만 머리는 두 개라는 단순한 뜻이었다. 첫째가 '두일'이니 자연스럽게 둘째는 '두이'가 되어야겠다고 직원은 생각했다. 하지만, 직원은 '두이'를 써내려다가 볼펜으로 쫙쫙 그어서 지워버렸다. '두이'는 공교롭게도 직원의 자식 이름과 똑같았다. 비극적인 운명을 타고 태어난 아이와 자식의 이름이 같은 것이 마음에 들지 않았다. 대신에 직원은 머릿속에 떠오르는 그대로 근무하

며 매일 고민하는 것을 이름 속에 넣었다. 한자로 먹을 '식'
그래서 이름이 '두식'이 되었다. 직원은 정감 가는 이름을
지었다며 만족해했다.

시간은 흘러 형제는 간단한 말을 하고 걸을 수 있
는 나이가 되었다. 하지만 대각선으로 엇갈린 몸 때문에
형제는 똑바로 설 수 없었다. 대신 다리와 팔을 다리 삼아
기어다닐 수 있었다. 그런 모습을 보고 언제부터인가 형제
는 '거미 형제'라 불렸다. 단원들은 그런 형제의 모습에도
이제 태연해졌다. 그저 단원들은 무관심과 동정을 반복하
며 형제를 대했다. 형제는 공연을 위해 연습을 해야 했다.
연습은 형제가 아장아장 기어다닐 때부터 시작됐다. 매일
체력 단련을 하고 묘기 연습을 했다. 형제에게 주어진 묘
기는 그네 타기였다. 단장은 거미라면 줄을 타야 한다고
생각했다. 거미 형제를 보려고 몰려들 사람들을 생각하면
자다가도 신바람이 나는 단장이었다. 그럴수록 거미 형제
의 훈련 강도를 높였다. 어려운 훈련을 거친 형제는 무대
에 서게 되었다.

형제가 공중에서 펼치는 그네 묘기는 색달랐다.
일단 모든 조명의 불을 끈 상태에서 보이는 것은 온몸이
야광으로 빛나는 거미 형제뿐 이였다. 얼굴에는 거미 모습
탈을 뒤집어썼다. 영락없이 머리가 둘 달린 기괴한 거미의
모습이었다. 형제는 줄에 매달려 건너편으로 자리를 옮기

고 다른 줄을 잡아타고, 위와 아래로 오르락내리락하는 묘기를 펼쳤다. 이 묘기는 금세 입소문을 탔다. 땡땡 서커스단은 이제 어느 지역에 가도 호황을 이루게 되었다.

여기까지가 과거 회상 장면이었다. 어렸을 적 모습은 컴퓨터 그래픽으로 합성 처리를 했다. 공연 장면은 대역을 쓰지 않고, 거미 형제가 직접 연기해 주었다. 윤 PD는 몸이 뻐근해지는 것을 느꼈다. 목을 좌우로 스트레칭한 뒤 시계를 보았다. 저녁도 거르고 했던 작업이 어느새 밤 열한 시를 향해 가고 있었다. 그다지 출출하지는 않았다. 하지만 오늘은 밤을 새워야 할 것 같았다. 방송이 내일인데 성우 더빙도 하지 못했다.

새벽에 편집이 끝나는 대로 성우 더빙을 할 생각이었다. 밤샘 작업을 하려면 컵라면이라도 하나 먹어야겠다는 생각이 들어 휴게실로 갔다.

휴게실에는 자판기에서 커피를 뽑고 있는 다른 프로그램의 김 PD가 보였다. 윤 PD와 눈이 마주친 김 PD가 말을 걸어왔다. 김 PD가 맡고 있는 프로는 시사 프로그램이었다. 윤 PD 편집은 잘 돼 가? 이번에 시청률 대박 한번 터뜨릴 것 같던데! 윤 PD가 대꾸했다. 그거야 뚜껑 열어봐야 알 수 있지. 그렇지만 예고편만으로도 지금 반응이 뜨겁기는 해. 김 PD는 자판기에서 커피를 하나 더 뽑아 윤

PD에게 건넸다. 나도 다음 개편 때는 예능 프로로 옮기고 싶어. 말이 시사 프로그램이지. 사건 사고 전담 프로그램 이라니까. 지난 회는 원조 교제에 대해서 다루고, 이번 회 는 지적 장애인 성폭행 사건이야. 잠자코 듣고 있던 윤 PD 가 입을 열었다. 그런 일이 의외로 많나 봐? 김 PD는 한숨 을 내쉬며 대꾸했다. 조그만 동네에서 서로 오래전부터 알 아 오던 사람들 사이에 많아. 심지어는 옆집에 사는 아들 과 아버지한테 당하기도 하고, 기가 막힌 거는 그런 아버 지와 아들을 감싸는 그 집 여자야. 지적 장애인이라 기억 도 정확하지 못하고, 싫고 좋고의 의사 표현도 잘 못하니, 당한 가족들은 어디에다가 하소연할 데도 없고 아주 억울 한 노릇인 거지. 윤 PD는 무슨 말인가 하려다가 말끝을 흐 리고는 커피를 단숨에 마셔 버렸다.

자리로 돌아온 윤 PD는 '거미 형제의 인터뷰'라는 라벨이 붙은 비디오테이프를 넣었다.

거실에 앉아 있는 거미 형제에게 질문을 던지는 부분부터 시작됐다. 지금 프로레슬링 선수로 활약이 대단하신데요! 그렇지만 어렸을 때부터 서커스장에서 공연을 한 걸로 알 고 있습니다. 서커스를 그만두고 프로레슬링을 하게 된 계 기가 있나요? 두일이 대답했다. 네. 거기에는 가슴 아픈 사연이 있답니다. 저희는 땡땡 서커스에서 그네 타기 묘기로 꽤 유명 인사가 되어 있었습니다. 많은 사람이 공연을 보러 와서 보람도 느꼈고요. 저희를 못마땅하게 여겼던 단원들도 공연이 성공해서 땡땡 서커스가 성황을 이루자 따뜻하게 대해 주셨죠. 그런 나날이 계속되리라 생각했는데. 그 일은 크리스마스를 얼마 앞두고 벌어졌습니다. 크리스마스 공연 준비로 어느 때보다 바쁜 날이 이어지고 있었습니다. 서커스장의 거대한 막사는 작은 전구로 칭칭 감겨서 날이 저물면 빛을 발하곤 했습니다. 거대한 크리스마스트리를 보는 듯했습니다. 그날도 늦게까지 연습을 하고 숙소에서 잠을 청했습니다. 이상하게도 그날따라 잠이 오질 않았습니다. 서커스장 주변이라도 산책하지 싶어서 밖에 나왔습니다. 그때였습니다. '펑' 소리가 났습니다. 깜짝 놀라 뒤를 돌아봤을 때 눈앞의 광경을 믿을 수 없었습니다. 막사를 칭칭 감은 작은 전구들이 순식간에 터지고 있었습니다. '펑! 펑! 펑!' 연이어 붙는 작은 불꽃들은 마치 낮은 지상에서 보는 불꽃놀이 같았습니다. 놀라운 광경에 입도 다물지 못하는 사이 순식간에 막사 전체가 불로 뒤덮였습니다. 막사 안은 불이 잘 붙는 것들로 가득했습니다. 큰불로 번지는 것은 순식간이었습니다. 저희는 어찌하지 못하고 지켜볼 수밖에 없었습니다. 몇 명은 불이 붙은 채로 막사 밖을 나올 수 있었지만, 화상의 정도가 심해 살 수 없었습니다. 불 때문이 아니라 연기로 질식해서 숨진 사람도 있었습니다. 근처 주민의 신고로 119가 도착했을 때 이미 막사 안에 사람들은 모두 숨진 뒤였습니다.

두 형제가 눈물을 닦아내며 말을 이었다. 저희는 한순간에 어려서 살을 맞대고 산 사람들을 잃었습니다. 집도 잃게 되었습니다. 갈 곳이 없어진 저희는 떠돌기 시작했습니다. 줄곧 서커스장에서만 생활했기 때문에 모든 것이 낯설었습니다. 그중에서 가장 두려운 건 사람들의 시선이었습니다. 시선을 피하고자 저희가 선택한 건 구걸이었습니다. 시선을 마주하지 않고 고개를 숙이고 있기만 하면 되었습니다.

그러던 어느 날이었습니다. 저희는 새로운 희망을 발견했습니다. 바닥에 굴러다니던 한 장의 전단지에서 말입니다. 전단지에는 챔피언 벨트를 한 프로레슬러가 보였습니다. 그 옆의 문구는 이러했습니다. '폭풍우 체육관에서 신인 선수를 모집합니다. 지금 바로 도전하십시오! 챔피언은 당신의 것입니다!' 저희 둘은 평소에도 마음이 잘 맞았지만, 전단지를 본 순간 저희의 운명이 되리란 걸 알았습니다. 폭풍우 체육관을 무작정 찾아갔습니다. 그때 체육관 관장님의 당황하던 눈빛을 아직도 잊지 못하겠습니다. 하지만 저희가 서커스 훈련을 하면서 갖춘 기초체력을 보여줬을 때 관장님의 눈빛은 확신에 가득 찼습니다. 그날 바로 선수 계약을 하게 됐습니다. 그때부터는 서커스장에서처럼 연습하는 나날의 연속이었습니다. 하지만 공연과 경기는 달랐습니다. 경기에 나가면 패하고 돌아오기 일쑤였습니다. 저희는 이를 악물었습니다. 구걸하며 생계를 이어 가는 것이 어찌 보면 쉬울 수도 있었습니다. 하지만 저희 형제는 무엇보다도 유명해져서 아버지를 찾고 싶었습니다. 서커스단도 없어진 마당에 아버지가 저희를 찾을 방법이 없었으니까요. 아버지를 생각하며 모든 힘든 훈련을 극복했습니다. 그런 고된 연습은 경기의 우승으로 보상 받을 수 있었습니다. 거미 형제는 감격에 찬 눈빛이었다. 다음 질문을 했다. 앞으로의 계획이나 바람이 있다면요? 이제 저희 형제는 한국에서뿐만 아니라 국제 경기에도 나갈 예정입니다. 국제적으로 인정을 받아서 한국의 이름도 널리 알리고요. 그러다가 더 유명해지면 '스파이더맨' 같은 할리우드 영화에도 출연해 보고 싶습니다. 여러모로 저희가 가진 신체 조건을 핸디캡만으로 생각지 않습니다. 장점이 될 수 있다고 생각합니다. 그리고 서로에게 예쁜 여자친구도 생기면 좋겠어요. 실제로 샴쌍둥이들도 결혼해서 가정을 꾸리고 살더라고요. 외국에는 그런 경우가 있다고 들었습니다……. 마지막 장면은 환하게 웃는 거미 형제가 태극기 앞에서 파이팅을 외치며 마무리되었다.

윤 PD는 되감기 버튼을 눌렀다. 따뜻하게 대해 주는 서커스 단원, 펑, 전구, 폭죽, 불……. 그 부분을 반복해서 보고는 테이프를 빼냈다. 그리고 윤 PD는 쌓여있는 테이프 중에 유일하게 아직 레벨이 붙어 있지 않은 테이프를 꺼내 들었다. 그러고선 망설이며 테이프를 비디오에 밀어 넣었다.

　　　한 여자가 보였다. 마르고 수척해 보였다. 이 여자는 땡땡 서커스에서 단원으로 활동했던 여자 중 한 명이었다. 윤 PD가 서커스단에서 나갔다던 거미 형제의 아버지를 찾기 위해 수소문한 여자였다. 이 여자를 제외하고 불이 나기 전 서커스단을 나갔다는 다른 사람들은 찾을 수 없었다. 이 여자에게 거미 형제 이야기를 하며 인터뷰를 요청했을 때 번번이 거절당했다. 끈질긴 연락으로 간신히 인터뷰할 수 있었지만, 모자이크 처리와 목소리 변조를 요구했다.

일단 거미 형제의 어린 시절 이야기 좀 들을 수 있을까요? 하는 윤 PD의 질문에 여자는 갑자기 울먹였다. 모든 것이 저희의 잘못이에요. 윤 PD는 대수롭지 않다는 듯 말했다. 네? 거미 형제가 어렸을 때 구박을 받으며 컸던 것은 알고 있습니다. 하지만 그 정도는 있을 수 있는 일이니, 자책하실 필요 없습니다. 여자가 담담한 목소리로 대꾸했다. 거미 형제가 어느 부분까지 이야기했는지는 알 수 없군요.

저는 형제가 열다섯 살이 될 때까지 서커스단에 있었습니다. 그때를 회상하자면 형제는 짐승보다 못한 취급을 받았어요. 몇 명의 사람은 동정으로 형제에게 호의를 베풀었다 할 지라도 그건 아주 작은 부분이었어요. 형제가 아기였을 때 유리로 만들어진 관에 갇혀 생활해야 했답니다. 동네 주민들은 그런 형제를 보기 위해 표를 샀고요. 단장이 미쳤다고 수군대는 단원들도 있었지만, 형제를 향한 홀대와 냉대는 저희도 마찬가지였어요. 형제가 자기 엄마처럼 정신적인 이상이 있었다면 더한 짓을 했을지도 몰라요. 형제가 좀 크자 정신이 말짱할뿐더러 영특하다는 걸 알았죠. 형제는 학교에 다니지 않고서도 특별한 가르침 없이 글을 뗐으니까요. 글을 떼자, 책을 읽기 시작했어요. 서커스 막사에 있는 책을 다 읽고 나서는 동네 재활용 분리수거함에 있는 책을 가져오거나 꼭 보고 싶은 책은 단장에게 빌다시피 해서 살 수 있었죠. 거미 형제는 따로 월급을 받지 않았으니까요. 단장은 형제에게 키우고 먹이고 한 값만으로 충분하다고 말했거든요. 형제를 받아줄 사람은 자신밖에 없을 거라고요. 형제는 학교에 가고 싶어 했어요. 하지만 단장은 그렇게 해주지 않았어요. 형제가 학교에 가고 싶다는 날이면 연습을 더 혹독히 시켰지요. 또한 형제에게는 따로 방이 없었어요. 저희는 막사 밖 동물 사육장 옆에 임시로 마련된 숙소에서 형제가 자라는 걸 그저 지켜봤죠. 누구도 나서지 않았어요. 거미 형제의 존재를 외면하며 생활했어요. 그건 형제의 외관상의 문제 때문이 아니었어요. 형제를 보면 떠오르는 사람이 있어서였어요. 형제의 크고 맑은 눈은 정말 형제의 엄마와 닮아 있었어요. 그 눈을 마주치면 씻을 수 없는 우리의 잘못이 떠올랐어요. 우리는 정말이지 큰 죄를 지었어요. 형제의 엄마는 한눈에 봐도 미인이었어요. 하지만 태어날 때부터 정신적으로 장애를 가지고 있었어요. 고아원에 버려진 아이를 단장이 데려온 거였죠. 여자의 타고난 좋은 체격과 사람의 눈을 이끄는 무언가 때문이었을 거라고 생각돼요. 약간 사팔뜨기인 눈과 살짝 벌어진 입가로 침을 흘리기는 했지만, 몸은 고운 자태를 가지고 있었어요. 피부도 뽀얗고 하얬어요. 내 생각에 아마 그녀가 정상이었다면 모든 남자가 사랑을 얻기 위해 무릎을 꿇고 사랑을 구걸했을 거예요. 저도 그녀를 보고 있으면 뭔가에 홀린 듯이 쳐다보고 있었거든요. 여자인저도 그랬으니, 남자들은 오죽했을까요. 그 여자가 열다섯 살은 됐을까요. 어느 날 내게 이러더군요. 아래가 아프다고요. 처음에는 그게 무슨 말인가 했는데 어떤 일이 벌어지고 있는지 알겠더라고요. 그 일은 동네 폐가에서 어떤 날은 시내 여관에서 어떤 날은 그들 각자의 숙소에서 벌어지고 있었어요. 제가 눈치를 챘을 때는 단원들이 공공연히 알고 있을 때였어요. 그 남자들은 결혼한 사람들이 대다수였어요. 남자들의 부인을 포함해 모두가 쉬쉬하고 있었어요. 저도 그 무리의 한 사람이었죠. 이 일이 밖으로 전해진다면 그 여파가 커질 테니까요. 그렇게 되면 삶의 터전을 잃을 수도 있었기 때문이었죠. 그러던 어느 날부터 여자의 배가 불러오기 시작하더라고요. 이때는 잠깐의 웅성거림은 있었지만 모두 '자기네들은 아니다. 동네의 누군가일 거다.'라고 반박했지요. 하지만 우리는 다 알고 있었어요. 남자 단원 중의 한 사람이라는 거. 그래도 아버지가 누군지는 알 수 없었어요. 한두 사람이 아니었으니까요. 모르긴 몰라도 서커스장에 있었던 열댓 명의 남자 단원 모두 포함이었죠. 그렇게 태어난 아이가 샴쌍둥이라니 우리는 두려웠어요. 형제가 곁에 있다는 사실을 부정하고 싶었어요. 저도 그런 사람 중의 한 사람일 뿐이었죠. 형제에게 한번도 따뜻하게 대해주지 못했어요. 형제를 아예 없는 사람처럼 사람들과 어울리지 못하게 만들었어요. 형식적인 말은 했지만 무심함을 늘 유지했죠. 그러니까 단장이 내세웠던 가족 같은 서커스단은 존재하지 않았어요.

그런데 서커스장에 불이 났다죠? 서커스장이 외관상으로는 낡았어도 단장은 그런 안전에 대한 조치는 철저했거든요. 그런데 그렇게 한순간에 재가 되어버리다니. 화재경보기가 제대로 작동했다면 별문제 없었을 텐데, 이상하네요. 거미 형제의 처지에서 보면 다행이었을까요. 거미 형제는 단장이 죽기 전까지 그 서커스장에서 벗어날 수 없었어요. 한번은 탈출을 시도하다가 잡혀 들어 왔었죠. 그야말로 거지꼴을 한 만신창이가 되어서였죠. 역에서 노숙하는 상태 그대로 잡혀 들어온 거였죠. 그런 거미 형제를 꽁꽁 묶어서 때리고, 또 때리고. 그날도 우리는 숙소에서 각자 일을 했어요. 아무 일도 없는 것처럼.

윤 PD는 거미 형제의 아버지에 관해서 물어봤다. 거미 형제가 아버지를 찾고 있더군요. 땡땡 서커스의 단원이었다고 하던데. 이 부분에 대해서 아는 게 있으신가요? 여자가 대답했다. 거미 형제가 알고 있는 이야기는 저희가 대충 둘러댄 이야기였어요. 모두 불에 타 죽어 버린 마당에 더더욱 알 수 없게 돼버렸어요. 그날 죽은 사람 중의 하나일 거라는 건 확실하지만요.

여기까지 보고는 비디오의 정지 버튼을 눌렀다. 윤 PD는 여자를 만난 것을 후회했다. 예상치도 못했던 많은 일을 알게 됐다. 그 사람들처럼 거미 형제의 엄마가 당한 일을 모른척하고 방송을 내보낸다면 그들과 내가 다른 점이 있는 것일까? 하고 윤 PD는 생각했다. 또 다른 생각도 들었다. 화재경보기는 어째서 고장이 났으며 하필이면 고장이 났을 때 불이 난 것일까? 윤 PD는 이 부분은 더 이상 알려고 하지 않기로 마음먹었다.

윤 PD는 비디오테이프를 꺼내어 열고, 안의 테이프를 모조리 밖으로 꺼냈다. 그러고는 쓰레기통에 던져버렸다. 그리고 전체적으로 편집을 마무리해서 다시 돌려 보았다. 형제의 가슴 아픈 성장 이야기, 가족 같은 단원과 삶의 터전을 사고로 잃어버린 일, 길에서 떠돌며 힘든 생활을 하는 형제, 프로레슬러로 성공한 형제, 아버지를 찾고 싶다는 마음을 전하는 영상 편지, 마무리는 세계 대회에 출전을 다짐하는 형제의 진심 어린 포부가 담긴 인터뷰까지. 모든 것이 완벽하게 감동적이었다. 밤 아홉 시 거실에 둘러앉아 텔레비전을 보는 가족들은 한 편의 감동적인 드라마를 원할 거였다. 그리고 그 드라마가 곧 여러분을 찾아갈 것이다.

※ 소설 속 인물, 사건, 배경, 상호명 등은
작중 소설을 위한 장치로만 봐주시길 부탁드립니다.

당선 소감   '이야기를 하는 사람'으로 살아갈 용기

나는 이십 대 때 그림 그리는 일을 업으로 삼고자 했다. 출판사에서 글 작가의 원고를 받아 그림을 그려 출간했다. 그러다가 내가 직접 원고도 함께 쓰는 그림책 작가가 되고 싶었다. 미니홈피 다이어리에 끄적인 글이 다였던 나는 패기 있게, 사실 단순한 작법 위주의 수업인 줄 알고, 예비 소설가들이 등단을 위해 다니는 작가 수업에 문을 두드렸다. 그림책의 글과 소설의 글은 쓰는 방식이 다르다는 걸 얼마 되지 않아 깨달았다. 그래도 일단 일 년이 지나면 나도 뭐라도 쓸 수 있지 않을까 하는 기대로 습작을 써냈다.

그랬던 나는 이야기를 위해 글을 쓰기 시작했다. 소설을 쓰면서 작중 인물에 몰입되는 순간의 희열도 느꼈다. 당선작 〈쇼쇼쇼〉는 나에게 그걸 알려준 소설이기도 하다.

〈쇼쇼쇼〉는 다수의 누군가가 겉으로 보이는 것에 치중하느라 그 안의 감춰진 내면을 제대로 보지 못하는 게 아닐지 싶은 안타까운 마음이 들어있는 소설이다. 다른 사람의 아픔을 헤아려 보자고, 서로 위로하며 토닥이며 살자고 말해주고 싶었다.

나는 오랫동안, 이 소설을 포함 일 년이 조금 넘는 시간 동안 썼던 습작 소설들을 컴퓨터 하드에만 보관해 왔다. 그러다 최근에 내가 쓴 소설이 이대로 영영 잊히지 않고, 이제라도 누군가에게 닿을 수 있지 않을까? 라는 '물음'이 생겼다.

그런 날들을 보내던 중에 '군산초단편문학상 공모

전'을 만났다. 공모전 소개글에 이끌렸다. '황량한 시대에 야트막한 사랑을 안겨줄 짧고 아름다운 작품'이라니 어느 지점은 이 소설과 맞닿아 있는 기분이 들었다.

그렇게 공모전에 응모하고, 수상 소식을 들었다. 참으로 기쁘고 기쁘다. 자기 확신의 부족 탓으로 흘려보냈을지 모를 날들도 용서가 되는 날이다. 맨 앞에서 언급한 것처럼 그림을 업으로 살아가고 있고, 그림책 작가도 되었다. 앞으로도 지금처럼 하고 싶은 이야기를 하는 사람으로 살아가고 싶다. 마지막으로 소설 쓰기에 백지상태였던 나를 이끌어 주고, 소설 쓰기의 기쁨을 알게 해준 이평재 선생님께 감사의 말씀을 전하고 싶다.

응모우수상

이동은

땅의 주인

이동은

1997년생. 2023년 포스텍 SF 어워드
미니픽션 가작을 수상하며 소설을 쓰기 시작했다.
카이스트 생명과학과 대학원에서 줄기세포를
연구하고 있다. 여행과 그것을 기록하는 일을 좋아한다.
또 다른 취미는 차박, 서핑 그리고 배드민턴이다.

"나는 내려가야겠어. 어서 가서 내 보드 좀 꺼내주오."

"아휴 아버님, 거기는 내려가도 아무것도 없다니까요? 물도 바다도 없대요. 이제는 그만하실 때도 됐잖아요?"

　　여기, 이 늙은 사람은 나의 할아버지다. 사실 정확히 나의 어머니의 아버지인 것은 아니고 몇 세대 위의 할아버지, 즉, 증조할아버지일 수도 고조할아버지일 수도 아니 어쩌면 더 윗세대 어르신일지도 모른다. 다만 분명한 사실은 사람들이 땅에 붙어 살던 시기부터 살아있는 마지막 사람이 저분이라는 것이다. 유영하듯 사는 것, 태어나기 전 어머니의 양수 속에서처럼, 그게 내가 살아온 그리

고 나의 어머니가 살아온 방식이다. 태어남과 동시에 부력
장치를 삼키고 대류권과 성층권 경계를 떠다니며 사람들
은 살아가고 있다. 물이 필요할 땐 대류권의 구름에서 물
을 길어와야 하는데, 어른들은 아직도 땅과 가까워지는 것
에 겁을 주었다. 지표와 가까워질수록 방사능 수치가 높
아지기 때문에 물을 길으러 구름까지 내려갈 수 있는 것
은 방사능 역치가 높아진 성인이 된 이후부터다. 할아버지
가 말씀하시길 원래는 구름이 머리 위에 있는 것이라 하셨
다. 그땐 구름이 지금처럼 회색으로 가득한 것이 아닌, 때
론 하얗고 때론 붉기도 하고 그 모양도 크기도 제멋대로라
고 했다. 나는 그게 상상이 잘 가지 않았다. 사람들이 구름
위에서 살기 시작한 시기는 지표의 방사능으로 인해 땅이
들끓었고 모든 물이 다 증발하여 꺼지지 않는 먹구름이 된
이후부터라고 배웠다. 최근 이론에 의하면 지각변동으로
인해 내핵의 방사성 물질이 노출된 것이라 하고, 또 어떤
이들은 전쟁에 의한 핵폭발이 원인이라고도 얘기한다. 그
런 음모론자들은 우리 할아버지를 찾아와 다짜고짜 땅 위
에서 핵전쟁이 있었냐고 묻기에 급급하였으나 할아버지
는 '이 늙은이는 전쟁과는 먼 삶을 살아서 모른다.'고만 답
할 뿐이어서 그들은 저 사람이 '땅 위에서 살았던 마지막
사람이 맞냐.'는 의심만 툭툭 뱉고 돌아갔다. 하지만 나는
의심하지 않는다. 마지막으로 할아버지와 함께 구름에 휩

쓸렸던 날을 기억하기 때문이다.

할아버지는 당신이 원래 서핑 선수였다고 말했다. 서핑이 무엇이냐 물어봤을 때 할아버지는 "그건 우리 몸의 중심을 찾는 일이란다."하고 말씀하셨다. 언젠가 모두가 고요히 떠서 잠들어 있을 때 할아버지는 나를 깨워 구름으로 내려갔다. 가이거 계수기를 한 손에 다른 한 손에는 널따란 나무판을 들고 내려갔다.

"오늘이 적당한 날인 것 같다."

구름 속으로 내려갈수록 가이거 계수기의 티틱 티틱 소리가 커지다 어느 순간 멎었다. 할아버지는 그 나무판을 구름 속에 띄워두고 나보고 엎드려 보라고 했다.

"할아버지, 자꾸만 몸이 떠서 엎드릴 수가 없어요."

"부력 장치를 한번 꺼 보겠니?"

"그러다 땅으로 떨어지면 어떡하죠?"

"할아버지 한번 믿고 꺼 보려무나."

부력 장치를 끄자 나무판에 바짝 붙은 내 몸은 좌우로 요동쳤다. 나무판이 나를 떼어놓으려고 이리저리 흔드는 것은 아닌가 생각했다. 나는 이대로 구름을 뚫고 땅으로 곤두박질치지 않을까 두려워 나무판을 붙잡고 울었고 할아버지는 멀찍이서 외치셨다.

"힘 빼고, 앞을 보고, 다리는 모으고 상체를 들어 봐! 그리고 멀리 봐야 한다. 멀리"

앞은 깜깜했지만 구름엔 일렁임이 있었다. 꾸준히 앞으로만 나아가는 흐름이었기에 좌우로 흔들리는 것은 구름 위에 놓인 나무판이 아닌 나의 균형이었다. 할아버지는 말씀하셨다. 몸의 중심이 어디에 있는지 잘 느껴보라고, 중심이 나무판 가운데 있는지 천천히 살펴보라고. 이내 좌우로 출렁이는 진폭이 줄어들자 할아버지는 말씀하셨다.

"고개만 돌려서 뒤를 한번 보려고 해보렴."

어깨너머로 다가오는 구름의 모양을 보았다. 할아버지는 이게 땅 위에서의 파도와 같다고 하셨다. 구름은 그 그림자가 짙어졌다가 옅어졌다 하며 다가왔다. 멀리서 볼 때는 작아 보였어도 가까이 와서는 내 키만큼 나를 들었다가 났다. 그러다 더 큰 구름과의 접점에 닿아서는 하얗게 깨어졌다. 나는 구름은 그저 한 덩어리일 줄 알았는데 이렇게 살아 움직이는 것인지 몰랐다. 나는 '파도는 어떤 모양일까? 지금, 이 모습과 얼마나 비슷할까?' 궁금해졌다.

"자 이제 내가 보드를 밀어줄 테니 천천히 일어나보렴. 팔로 상체를 들고 무릎을 양팔 사이로 가져오면 된다. 넘어져도 구름이 단단해 땅으로 떨어지진 않을 게야."

다리를 세우는 일은 중력이 필요한 일이라는 것을 몇 번 넘어진 뒤에 깨달았다. 구름 위를 떠다니며 지낼 때는 다리가 위를 향하든 아래를 향하든 옆으로 누워있든

96

상관이 없었는데, 중력을 느끼자 발끝과 다리에 정해진 위치라는 게 있었다. '다리는 땅을 향해야 일어설 수 있구나.' 하고 깨달았다. 나무판과 붙어있는 발에서 마찰이 느껴졌다. 내가 누르는 만큼 나무판도 나를 밀어내었다, 마치 원래 한 몸이었던 것처럼. 고개를 들어 위를 보자 잠결에 뒤척이면서도 코를 골면서도 떠다니는 사람들이 보였다. 이곳에 꼿꼿이 서 있는 사람은 나밖에 없다는 이질감이 들었다. 그 뒤의 기억은 드문드문 남아있다. 어쩐 일인지 할아버지는 한 손으로 나를 끌어안으시고 두 다리를 힘차게 흔들어 구름 속을 나아갔다. 공중을 유영하는 사람들은 많이 보았어도 그런 세찬 영법은 처음 보았다. 종종 따라 해보려 하지만 그때처럼 속도가 나질 않는다. 아마 구름에 파묻혔을 때나 가능한 방법이었나보다 생각한다. 아무튼, 할아버지의 품은 따뜻했고 우린 계속해서 구름을 뚫고 나아갔지만 어쩐지 끝이 보이지 않았다. 그다음 기억이 돌아왔을 때는 할아버지가 거동을 못 하시게 된 뒤였다.

"어쩌자고 그 어린아이를 데리고 대류권으로 갔어요?"

어머니가 나무라도 할아버지는 답이 없으셨다. 이따금 내려가겠다고 어린아이같이 마냥 떼를 쓸 뿐이었다. 어른들은 내가 구름에 휩쓸렸다고 표현했다. 의사는 방사능에 타버리지 않고 멀쩡한 게 기적이라고 했다. 아니 그렇지 않다. 나는 구름을 뚫고서 왔다. 나를 안고서 구름 속을 헤엄치실 때 할아버지는 울고 계셨는데 나도 울음이 났다. 내가 나무판 위에 섰을 때 할아버지는 나를 어릴 적 자신이라고 생각하신 게 틀림없다. 생각만 한 게 아니라 그 순간 나와 할아버지는 동기화가 된 것 같았다. 그래서 나는 지금도 느낄 수 있는데, 할아버지는 어린아이같이 떼를 쓰시는 게 아니라 그저 천진난만한 어린 시절로 돌아가신 것이다. 마땅히 구름이 머리 위에 있고 땅에는 파도가 출렁대던 그때로 돌아가신 할아버지는 지금 아주 오래도록 꿈을 꾸고 계신 것이다. 나는 속으로 외쳤다. '할아버지 이건 꿈이에요. 이젠 일어나실 때예요.' 분명 그도 들으셨을 것이다. 며칠 뒤 갑자기 정신이 말짱해지신 할아버지는 나를 불러 물어보셨다.

"너 친구 집 갔다가 집에 돌아올 때 어떻게 길을 알고 돌아올 게냐?"

"그야 자동항법장치가 가만히 떠 있으면 데려다 주던걸요?"

"아니, 그거 말고, 말이다. 발자국을 보면 된다. 네가 가는 길에 남긴 발자국을 보고 뒤돌아 따라오면 된다. 땅에는 그 사람이 지나간 흔적이 남는단다."

이곳엔 나의 흔적이 남지 않는다. 내가 머물렀던 자리도 지나간 길들도 바람이 다시 비었던 공간을 메운다.

금세 내가 있기 전으로 돌아간다. 그래서 그런지 항상 이 동네는 말끔하면서 어색했다. 분명 나도 어머니도 할아버지도 살아 숨 쉬고 아이들은 등교하고 어른들은 물 길으러 다녀오지만, 마치 아무도 존재하지 않았던 것처럼 고요했다. 그러니 왔던 길을 되짚어가는 일은 상상해보지 못한 것이다. 다음날 지구가 끓는 꿈을 꾸었다. 본 적은 없지만, 땅이 끓는 것 같았다. 구름 속에서 나무판 위에 일어났을 때와 같은 마찰이 발바닥을 간지럽혔다. 분명히 그것은 우리가 발을 디뎠어야 할 땅의 느낌이었을 것이다. 이윽고 땅에 있던 물들이 끓어 하늘로 올라왔다. 나도 수증기를 따라 이곳으로 올라오며 꿈에서 깨어났다. 그런데도 발끝에 느껴진 포근하고 촉촉한 감촉이 잊히지 않았다.

꿈속에서의 나는 할아버지 당신이었던 것 같다. 그러자 '나도 돌아가야겠다.'라는 확신이 들었다. 할아버지가 자꾸만 내려가겠다 하셨던 이유는 이곳에 올라왔었기 때문이다. 단지 그뿐이지만 충분한 이유였다. 그날 이후로 어머니께서 꼭꼭 숨겨둔 할아버지의 서핑 보드가 어디에 있는지 나는 알고 있다. 곤히 잠든 할아버지의 침상 아래 떠다니지 않도록 꽉 묶어둔 보드를 몰래 꺼내어 달을 등지고 내려간다. 대류권 계면에 닿자 부력 장치를 끄고 보드에 배를 붙였다. 차분히 구름 위에서 몸의 균형을 잡는다. 오른손으로 구름을 한 움큼 잡아 발끝으로 보낸다. 왼손으로도 같은 동작을 반복하며 천천히 나아간다. 아직 어둑한 구름 속이라 앞이 어디인지 보이지 않지만, 부력 장치는 꺼져있기 때문에 천천히 땅이 나를 당기는 느낌으로 어디로 가야 할지 알 수 있다. 균형을 잃지 않으려면 멀리 바라보려 노력해야 한다는 할아버지의 말씀이 귀에 맴돌았다. 그래서 꿈에서 본 땅의 모습을 생각했다. 가이거 계수기가 불쾌한 빈도로 티틱 티틱 소리를 내었지만 좀 더 깊숙이 구름 속으로 내려가자 거친 구름의 파도가 몰아쳐 소리를 묻었다. 그래서 두렵지 않았다. 오로지 땅의 감촉과 파도 소리를 상상하며 내려갔다. 구름의 파도가 몰아칠 땐 보드를 안고 할아버지가 보여주신 영법으로 구름을 뚫고 나갔다. 성층권에서 연습할 때보다 훨씬 빠른 속도로 전진할 수 있었다. 두꺼운 구름 속이라 해가 졌는지 떴는지 알 수 없었고 얼마나 시간이 지났는지 몰라도 강한 중력이 나를 끌어당김을 느꼈다. 중력에 대해서는 학교에서 배운 적이 있다. 부력에 대항하여 땅으로 끌어당겨지는 힘이라고, 그래서 부력이 없다면 우리를 곤두박질쳐 산산조각을 낼 수 있는 무서운 힘이었다. 그러나 중력은 생각보다 부드러웠다. 수증기가 가득해 저항이 심한 탓일 수 있지만, 인파 속에서 잃어버린 아이를 목 놓아 부르는 어머니의 목소리같이 먹먹하기도 했다. 중력에 이끌려 구름 아래 끝에 다다랐을 땐 나를 둘러싼 수증기가 응결되어 물이 되었다.

나는 꿈속에서 올라왔던 방식대로 그 물과 함께 떨어졌다. 착 하는 소리와 함께 물방울이 깨어지고 증발하며 땅에 등이 닿았다. 할아버지의 서핑 보드가 저 멀리 꽂혀 있는 게 보였다. 땅은 어른들의 말마따나 뜨거웠지만, 맨살을 못 붙일 만큼은 아니었다. 천천히 보드에 발을 올린 것을 기억하며 무릎을 접어 땅에 발을 디뎠다. 붉고 퍼석한 먼지가 일었다 천천히 떨어졌다. 땅을 내려다보니 움푹하게 내 모습이 찍혀있었다. 거울로 본 모습보다 훨씬 키가 커 보였다. 발바닥을 들어 보폭을 옮겼을 때 발바닥부터 머리끝까지 뜨겁고 부드러운 것이 닿는 느낌이 전해졌다. 땅의 입자가 발을 감싸는 것 같았다. 몇 발짝을 걸어가 뒤를 돌아봤을 때 내 발과 같은 모양의 자국이 나를 따라오는 것을 발견했다.

"아, 이게 발자국이구나!"

탄성이 나왔다. 나는 계속해서 나의 자취를 확인하고 싶은 충동에 자꾸만 뒤를 돌아보았다. '할아버지도 이렇게 삶에 자취를 남기셨겠구나. 그래서 자신의 삶이 묻은 땅에 돌아오고 싶었구나.' 할아버지가 나에게 가르쳐 주고 싶었던 것이 무엇인지 깨달았다. 곧이어 몸에 차가운 것이 닿는 촉감을 느꼈다. 위를 올려보자 구름이 있었다! 그리고 내가 구름을 뚫고 내려온 구멍이 보였다. 그 구멍에서 자그마한 물방울들이 떨어졌다. 땅은 그 물방울을 품듯이

빨아들이며 짙은 색으로 변해갔다. 발끝에는 간지럽고 촉촉한 하지만 아직 따뜻한 땅의 입자가 느껴졌다. 내 발자국도 짙어져 갔다. 나는 여기 발자국이 오래도록 영원했으면 하고 바라며 걸음을 옮겼다.

당선 소감 야트막한 사랑

작품 투고 후 응모 편수를 보고 기대를 접고 있었는데 예상치 못한 영광을 받게 되어서 무척 기쁩니다.

처음 수상 소식을 메일로 듣게 되었을 때, 주말을 맞아 타지에 여행을 떠난 참이었는데 덕분에 여행 내내 구름 위를 떠다니는 느낌이었습니다. 공모전은 야트막한 사랑을 안겨줄 작품을 모으고자 한다고 응모 요강에 적혀있었습니다. 본격적으로 소설을 쓰고자 마음을 잡은 지 얼마 되지 않아 아직 부족한 점이 많은 작품일 테지만 개인적으로 좋아하는 추억과 장면이 녹아있어 애정이 가는 작품입니다. 이러한 짧은 저의 글 속에서 사랑을 찾아주셔서 정말 감사합니다. 아마도 제가 꾸준히 글을 쓰도록 격려해주는 의미의 상이라 생각합니다.

사실 저는 전업으로 글을 쓰는 작가는 아닌 생명과학을 연구하는 이공계 대학원생입니다. 연구가 잘 진행되지 않을 때 환기 겸 도피를 목적으로 소설을 쓰는 것 같은데, 개인적으로는 학업도 작문도 언젠가 스스로 균형을 이뤄야 한다고 생각합니다. 그런 의미로 제가 소설을 쓰는 것을 연구에 방해된다고 나무라지 않으시는 교수님과 연구실 동료들에게 감사의 마음 그리고 연구에도 박차를 가하겠다는 다짐을 이자릴 빌어 전해봅니다. 또한, 꾸준히 글을 쓰라는 격려를 상을 통해서 주신 심사위원분들과 군산초단편문학상으로 좋은 기회를 만들어 주신 군산의 책방지기님들께 무한한 감사를 전합니다. 앞으로도 열심히 글 쓰고 공부하겠습니다.

응모우수상

이지영

송곳이 산다
먼 옛날
눈처럼

이지영

1980년생. 대구에서 학생들을 가르칩니다.
글을 쓰는 일이 빛나는 기쁨이었다가,
빛나는 기쁨이 글을 쓰는 내가 되었던 날들을 지나
지금은 '글이 써지다니요'라며 손님 같은 글을
마중하는 날들을 보내고 있습니다.

송곳이 산다

마음에 대바늘 같은 송곳이 거꾸로 서 있다
얇은 천 하나를 덮고 근근이 사람처럼 산다
엉클어진 아까시나무 가지에 돋아난 가시처럼
밖으로 뻗어났어도 맨 처음 찔리고 마는 건
다시 내가 아닌가, 자책하는 날에
더운 한숨 한 자락이 가슴에 얹힌다

저마다 자기를 제 안에 하나씩 넣어 두고
해지는 저녁이면 일터에서 돌아와
괜찮다, 괜찮다, 토닥이는 일
스윽 스윽 지워 없애지도 못하는 가시 하나를 품고
쏟아져 버린 잘못을 세는 일

밤비가 내린다
셀 수도 없는 빗방울이 세상을 덮는다
고루고루 내려 공평해져라
가로등 불빛에 흩날리며 떨어지는 빛방울들
춤을 추듯 내린다

먼 옛날

어둠이 내리는 긴 길 끝에
노란 백열등 빛이
마을 어귀에 앉은 느티나무 가지, 흔들리는 잎사귀 틈으로
반딧불이처럼 반짝, 새어 나오면
어둠이 내려오던 길에서
잰걸음이 더욱 타닥타닥타닥 빨라졌다

가쁜 숨을 몰고
파란 쪽문을 밀어낼 때의 안도감
나를 따라오던 무서운 것들로부터, 살았다
나를 기다리던 뽀얀 마당에 발을 디딜 때의 기쁨

지붕 위로 새파란 연기가 오르고
밥 냄새가 났던가, 할아버지가 끓이시던
쇠죽의 냄새는 얼마나 구수했던가,
오늘 저녁엔 어머니가 귀한 고등어를
석쇠에 올리시나 보다
고등어 한 손 구우면

어머니는 한 점 입에 넣어 보지도 못하고
여섯 식구의 저녁상은 풍성하기도 하였다
이 아까운 걸, 괜스레 어린 자식을 타박하며
가시에 붙은 살을 발라내셨던가,
지금은 아득하여 기억에도 없는 일을
그랬던가 하고

까막거리는 전등불 같은
손주들을 끼고 옛이야기 들려주시던 할머니의
고랑고랑한 가래 기침 소리는
아직도 들리는 듯 기억에서 흘러나올 듯한데
무엇을 잊은지도 모르고 허전한 이 마음은 무얼까

까까머리 오빠와 까마득한 내가
작은 손을 옹송그리고
마당 위에 내려서서 얼음장 마냥 매서운,
어머니의 불호령에
파란 대문 밖으로 쫓겨났던 일은
아직도 생생하여서
겨울에 얼음 지치러 갔던 그 연못이
아직도 있는가, 궁금하여 어머니께 여쭈면
하마, 그거 맥힌 지가 언젠데 하며

까마득한 일이 되어 버린 어린 날의 일을

다시금 생각하고는 한다

눈처럼

나풀나풀 첫눈이 내린다
가로등 아래로 주황빛 눈이 나풀나풀 내린다
나풀나풀 흩날리며 내린다
나풀나풀…… 나풀나풀……
눈은 바람도 없이 나풀거린다

사람아, 사람도 저렇게 나풀나풀 축복만 받으며 내려라
무게를 가늠할 수 없을 만큼 나풀거리며
축복 속에 왔다가, 코끝을 쨍하는
찬 공기 속에 흔적도 없이 사라지기를!
세상은 바쁘니,
이 바쁜 세상 속에 아주 많고 많은 사람들 중
누군가 단 한 사람,
'그래 첫눈이 왔었지' 하고
아주아주 잠깐 찰나의 순간 번개처럼 스치듯 떠올렸다가
첫눈이 녹듯 기억에서 사라지기를

온 적이 없던 것처럼 간 적도 없는 것처럼

아무도 슬프지 않고 아무도 무겁지 않게
'그래, 오늘 첫눈이 왔었지'

잠깐 기억하는 설렘으로
첫눈처럼 갈 수 있기를
나는,
때때로 무겁고 무거웠으니
가볍고 가볍고 싶다

나풀나풀 내렸다가
높이 높이 전봇대보다 높이 솟은 나무
가지 끝에 코끝을 쨍하는 찬바람만 걸어두고
사라지겠다!

이 세상 가장 맑은 사람만 기억할 수 있게

당선 소감   초단편의 가벼움과 자유로움

먼저, 감사의 인사를 드립니다. 성기고 거친 글을 고운 눈으로 살펴주신 덕분에 제 글이 한 권의 책 속에 자리할 수 있음을 누구보다 잘 알고 있습니다. 당선 소식이 닿기까지 기다려주신 군산초단편문학상 운영위원분들께 고개 숙여 감사의 인사를 드립니다. 물정에 어두운 눈과 귀를 가진 덕(?)에 때늦은 소식을 듣게 되었지만 기쁨만큼은 작지 않았습니다. 깊이 감사드립니다.

우연한 기회에 군산초단편문학상 공모전 소식을 듣고 참여하게 되었습니다. 글쓰기 모임을 하며 모아두었던 짧은 글들을 추려 출품하게 된 것이 당선의 기쁨으로 돌아왔습니다. 저는 시를 잘 알지 못합니다. 알지도 못하는 시를 출품하게 된 것은 상대를 모르는 '용감함'이었습니다. '초단편'의 어감은 가벼움과 자유로움이었습니다. 그 가벼움과 자유로움으로 마음의 문턱을 넘어서는 용기를 내었습니다. 생각해보니 이것 역시 착각이 불러온 용기였음을 깨닫게 됩니다.

좋은 글은 삶을 진실되게 담아내는 것이라 생각합니다. 삶을 진실되게 들여다보고 담아내기 위해 애쓰겠습니다.

응모우수상

진상용

구석 책방,
그 손님

진상용

1953년생. 내세울 문학적 이력이나 작품은 없지만,
늘 글쓰기 촛불을 켜놓은 채 살아가는 늦깎이
습작생이다.

내세울 것 변변찮은 이력 중에서도 빈칸으로 남겨두고 싶은 17년 전.

　불혹을 훌쩍 넘긴 가장이 평생 일터라 여기던 직장을 중도 퇴직하였다. 육체노동 강도가 드센 업무를 계속 감당할 수 없을 만큼 심각해진 건강 때문이다.

　다섯 식구의 생계 의무를 짊어진 터라 오래 일손 놓을 수 없는 현실, 고민 끝에 퇴직금과 대출받은 돈을 합쳐 도서 대여점을 열었다. 임대료가 싼 변두리라 창업비용이 적게 든다는 장점을 먼저 꼽았고, 신체 활동량이 많지 않은 업종인 데다, 갈수록 통신문화 쪽으로 쏠리는 사람들을 책과 연결해 준다는 나름의 명분도 작진 않았다. 새 책이야 선뜻 집어 들기 망설일망정, 부담 느끼지 않는 가격에 빌려서 볼 순 있지 않겠는가.

그러나 현실은 잘못 겨냥한 화살처럼 빗나갔다. 사전 정보며 경험 없이 시작하다 보니 난관의 연속이었다. 남의 물건에 대한 고객들의 인식부터가 문제, 기간이 지나도 반납하지 않는 사람들이 많고, 인적 사항을 허위로 등록했거나 변경되어 연락 두절인 경우도 다반사다. 영상매체에 밀리는 사양 업종이다 보니 급격하게 고객이 줄어드는데, 설상가상으로 그 지역이 재개발되면서 주민들도 떠나기 시작했다.

'매상'이란 용어를 입에 올리기 민망할 정도로 썰렁한 책방에서 하염없이 손님을 기다리는 나날들, 해가 바뀔수록 먹구름 짙어가는 미래, 그동안 단골 삼던 사람들을 내가 먼저 배신하지 않겠다는 마지막 뚝심마저 속절없이 무너져 내리던 어느 한나절.

마수걸이 고객이 들어섰다. 여남은 살로 보이는 아이가 움켜쥐고 있던 동전들을 쭈뼛쭈뼛 내밀며 말했다.

"저, 방학 숙제 독후감 쓰려고 책 빌리러 왔는데요. 환경동화 있어요?"

"그래. 너 처음 왔지?"

컴퓨터에 회원 정보를 입력해야 고객관리를 할 수 있으니 이름, 주소, 전화번호를 차례로 물었다. 그런데 전화가 없단다. 요금이 밀려서 쓰지 못한다는 것이다.

미심쩍은 아이였다. 통화가 되지 않는 게 아니라

숨기려 한다는 판단을 내렸고 경험으로 볼 때 이런 아이들은 빌려도 반납하지 않을 확률이 높다. 고민 끝에 어른과 함께 오라고 했다. 믿음이 가질 않고 대여할 마음도 없어 가장 만만한 구실을 들이댄 것이다.

고개 숙인 아이가 문을 열고 나간다. 난 저만치 가는 아이를 다시 불렀다. 책을 고르라고 한 뒤, 믿고 빌려줄 테니 대여 기간을 꼭 지키라고 당부했다. 동화책을 받아든 아이가 배꼽 인사를 하고서 골목 끝으로 내달린다.

그러나 한동안 지나도록 아이는 가게에 나타나질 않았다. 아, 처음부터 작정하고 거짓말을 한 건데 당하고 말다니. 책에 대한 상실감보다 다른 델 가서 속일 아이의 행위에 분노가 일었다.

한동안 지난 휴일 아침, 가게 문을 열려고 버스에서 내리자마자 운 좋게 그 애 모습을 포착하였다. 저만치 허리 구부정한 안노인네가 고물이며 폐지들 가득 실린 손수레를 끌고, 책을 빌려 간 아이가 뒤에서 민다. 서둘러 쫓아간 나는 아이를 불러 세웠다. 책 반납을 안 하는 이유를 물으니 갖다줬다는 거다. 빤히 쳐다보며 대꾸하는 태도에 순간적으로 울화가 치밀었다.

"이 녀석, 어린 나이에 벌써 거짓말을 해. 혼 좀 날래?"

"정말이에요. 문이 닫혀있어서 약속 날짜 지키려

고 철문 밑에다 밀어 넣었어요."

비용 문제로 도서 반납기를 설치하지 않은 허점을 노렸구나. 이미 중고 서점이든 고물상에 폐지로 넘겼을 터, 괘씸한 마음에 호되게 몰아붙였다.

"네가 왔다 갔음 감시카메라에 다 찍혀있어. 거짓말하면 경찰관 아저씨가 데려다가 조사할지도 몰라. 다시 찾아보고 잃어버렸으면 책값 변상해. 알았니?"

아이한테만 아니라 할머니가 들으라고 더 다그쳤다. 당시 파출소에서 'CCTV 작동 중' 스티커를 붙여주었는데 범죄예방 차원일 뿐 실제 설치되진 않았었다.

그날 오후, 아이와 할머니는 꼬깃꼬깃한 천 원짜리 지폐와 동전 한 줌을 들고 왔다. 알고 보니 노인은 말을 하지도, 알아듣지도 못했다.

"집에 있는 돈 전부 갖고 왔어요. 나머지는 생기는 대로 갚을게요."

"네가 미워서 그러는 게 아니고 버릇을 고쳐주려는 거야. 나중에라도 반성할 마음이 있으면 와서 찾아가거라."

아이 손에 들린 돈을 압수하듯 받아놓고 보내 준 그날 밤. 귀가하여 집안을 둘러보던 나는 당황하고 말았다. 아들 책꽂이에서 그 동화책을 발견한 것이다. 지난번에 가게 앞을 지나가다 셔터 밑에 끼어있는 책을 보았고,

소나기라도 들이칠까 봐 챙겨갔는데 깜빡 잊었다는 것이다. 난 그 애를 찾으려고 수소문했지만, 주소가 명확하지 않은 데다 통화도 불가능해 쉽질 않았다.

손때 묻은 동전을 들고 책을 빌리러 왔던 착한 아이. 어떤 방법으로 마련한 돈인지 모르나 먹고 싶은 것 안 사 먹고, 다른 애들 하는 오락게임 안 하고 책이 꼭 필요해서 찾아왔던 소년은 과연 어떤 생각을 했을까.

남이 비워두고 떠난 폐가에서 할머니와 단둘이 사는 아이의 거주지를 겨우 알아냈다. 낡은 손수레와, 처마 밑에 쌓아둔 폐지 더미가 가장 먼저 눈에 들어오는 삶의 현실. 아이를 불러내서 과일 담긴 봉지와, 받았던 돈을 돌려주며 미안하다고, 언제 얼마든지 무료로 책을 빌려주겠다고 말했지만, 다시는 가게에 나타나지 않았다. 한동안 지나 근처에 볼일이 생긴 김에 들러보니 집은 철거되었고 아이의 종적도 알 수가 없었다.

그해 연말에 가게 문을 닫았다. 개업 4년 만이었다. 갈수록 손실만 늘어나니 더 이상 버티기 힘들고, 인수하겠다는 사람도 나서질 않아 책들은 폐업처리 전문업자 트럭에 고물 취급당한 채 실려 갔다.

여러 해가 지났어도 잊을 수 없는 어린 손님, 제발 믿어달라는 듯 애절하게 바라보던 여린 눈빛, 어차피 얼마 못 가 버려질 헌책 한 권을 두고 어른답지 못하게 처신한 그날의 후회.

넓고도 좁다는 이 땅 어디에선가 열심히 살아가고 있을 청년과 꼭 인연이 닿아서, 이제나마 마음의 빚 덜어낼 책 몇 권을 꼭 전해주고 싶다.

요즘 들어 가장 결이 곱고 선명한 빗살무늬 구름, 해묵은 먹감나무가 소문 없이 열매를 익혀가는 동안 작은 결실을 거둘 수 있었던 나의 가을.

　　　낯을 깎아가며 고백하자면 저는 문학 세상에 대해 어둡습니다. 생업 현장에서 한발 물러나고 나서부터 관심을 두게 됐으나 창작 수업은 물론, 문학 관련 동호회, 강좌 등에 참가해 본 적이 없습니다.

　　　일흔 고개를 넘고 인생 반환점을 돌아 삶의 완성을 향해 가지만 내가 살아온 만큼의 이야기가 있을 뿐이요, 삶에서 겪은 일과 디뎌온 발자국들이 이만큼의 한글이나마 갖춰 쓰도록 가르친 교본이자 스승이었습니다.

　　　어느덧 과거 기억을 되돌아보는 세대가 된 지금, 내게도 한 시절이나마 작은 책방 주인 행세를 하던 때가 있었고, 씨실 날실로 얽힌 애증의 추억 갈피에서 서툰 글감을 꺼내 보았습니다. 인생의 완숙기에 이르러서야 지난 시절의 열정적이지 못했던 삶이 더욱 아쉬워지고, 때때로 실의에 빠졌던 인생 구간이 나에게 고통이기보다 성숙의 근원이었음을 다시 배우게 됩니다.

　　　'초단편'이란 공모 취지와 역행하듯 넋두리가 된 풋글을 눈여겨 보아주신 심사위원님들께 감사드리며, 지닌 능력에서 벗어나지 않는 나의 글을 써보겠습니다.

심사 경위
심사평

심사 경위

2023년 6월 15일 드디어 제1회 군산초단편문학상의 닻이 올랐다. 8월 31일 자정까지 총 2,719편(소설 620명의 818편, 시 356명의 1,400편, 수필 259명의 321편, 시나리오 53명의 54편, 희곡 41명의 45편, 기타 70명의 81편)이 도착했다.

　　　이 투고작들을 강형철, 류보선, 신유진 세 명의 심사위원이 나누어 읽었다. 투고자들 각각의 혼신魂神이 담긴, 그리고 혼신渾身을 쏟은 투고작들이니만큼 무심결에 놓치는 작품이 있어서는 안 된다는 마음으로 세심하게 살펴가며 읽었다. 이 과정을 거쳐 본심의 무대에 37편이 올랐다. 이들 작품 대부분이 당선작에 포함되어도 전혀 이상하지 않을 정도로 단단했다. 따라서 심사위원의 의견이 각기 다르게 표현되는 일도 피할 수 없었다. 그때마다 군산초단편문학상의 취지를 다시금 고심하며 9편의 당선작을 선정했다.

　　　우리들의 무모한 모험을 즐거운 모험으로 바꿔준 당선자들에게 축하의 말을 건넨다. 동시에 당선자들은 물론 모든 응모자들의 다음 작품도 기대한다. 부디, 앞으로도 이 놀라운 모험이 계속되길 기원해본다.

초단편문학상의 잠재성과 군산의 힘

류보선(교수·문학평론가)

즐거운 심사였다. 그렇다고 쉬운 심사였던 건 아니다.
힘들었다. 힘들었는데 즐거웠다. 아니 힘들어서 즐거웠다.
처음 '군산초단편문학상'이라는 말을 들었을 때
반신반의했다. 참신한 실험이고 흥미로운 모험이 되리라는
건 직감했다. 시대의 호흡에 비추어 볼 때도, 굳어진
형식과의 끊임없는 결별이라는 문학적 속성을 감안해 봐도,
'초단편문학상'은 시대를 선도하는 경연이 될 가능성이
높아 보였다. 그럼에도 우려를 깨끗이 지울 수 없었다.
'초단편문학'에 대한 시대적 요구가 높다 하더라도, 그리고
형식 파괴의 열정이 문학이라는 제도의 중핵이라고
하더라도, 그것이 문학적 완성도로까지 이어질 것인지에
대해서는 확신을 가질 수 없었다. 하지만 응모작이
밀려들고 있다는 소식을 듣는 순간 우려는 설렘으로
바뀌기 시작했다. 기대가 높아진 것과 거의 비례해 심사의
난이도는 높아졌다. 예심에서 세 명의 심사위원이 각자

10여 편의 작품을 고르는 일이 만만치가 않았다. 응모작 대부분이 완성도가 높았고 제각각 개성적인 문체를 지니고 있었다. 심지어 밀도와 강도도 촘촘하고 단단했다. 내공을 감지하기에 충분했다. 새로운 형식에 대한 열망이 이 정도로 숙성되어 있는 것을 눈치채지 못하다니! 하는 때늦은 자책과 각성을 해가며, 벌 받듯 뽑아놓았던 작품을 내려놓고 내려놓았던 작품을 다시 올리는 일을 반복했다.

본심도 난항이기는 마찬가지였다. 게다가 이번 심사는 여러 응모작 중 한 편을 뽑는 심사가 아니었다. 비교 불가능할 정도로 제각각 특이한 작품들을 모아놓고 순위를 매겨야 하는, 어떤 면에서 보면 가능하지 않은 일을 해야 했다. '잘 빚은 작품'이라는 기준으로는 될 일이 아니었다. '문제적인 작품'이어야 하고, '시대를 앞서가는 작품'이어야 했다. 해서 어쩔 수 없이 각각의 작품이 현재 우리들의 삶을 얼마나 역사철학적으로 예리하게 짚어내고 있는가, 그러한 성찰을 얼마나 혁신적인 형식으로 펼쳐내고 있는가, 또한 그러한 문학적 모험을 통해 '야트막한 사랑'의 길을 얼마나 설득력 있게 제시하고 있는가를 집중적으로 따져 물었다. 이 정도면 까탈스럽다 했는데 이마저도 유지하기 힘들었다. 거의 모든 작품이 그 기준을 간단하게 뛰어넘고 있었다. 또 한 번 기준을 조정해야 했다. 오늘날 우리의 삶에 대해 더 큰 공부 거리를 제공하는, 그러니까 오늘날의 우리에게 더 강렬한 영감을 주는 작품을 찾아 나섰다. '제1회 군산초단편문학상'의 수상작은 이 길고도 험난한 여정 끝에 결정되었다. 돌이켜보니 이번 '군산초단편문학상' 심사는 심사라기보다는 공부였다. 또한 문학만이 할 수 있는 것을 발견하고 황홀해하던 그 들림 상태를 오랜만에 맛볼 수 있었던, 그러니까 문학에 대한 초발심을 떠올릴 수 있었던 죽비 같은 자극이기도 했다.

어쨌거나 이처럼 진지한 열독과 공부 끝에 9편의 수상작을 세상에 선보이게 되었다. 하지만 감사하게도 수상작에 이름을 올리지 못했지만 놀라움을 안겨준 작품들이 여럿 있다. 예컨대 군산이라는 공간에 깃든 우여곡절과 그 험난한 역사 과정 속에 함축된 군산의 힘을 정교하게 교직해낸 〈그날의 합주〉(시), 군산 민중의 삶의 이력과 입말을 통해 군산의 강인함과 잠재성을 물 흐르듯 재현한 〈행복의 이름〉(시), 인간의 지혜는 물론 인간의 오래된 폭력적 인식마저도 내면화할 기계들의 세상을 앞두고 과연 인간은 또 다른 신체의 개발에 어떤 준비를 해야 하며, 그리고 그 기계와의 관계를 어떻게 설정해야 하는지를 차분하고 발랄하게 물은 〈솔로몬의 선택〉(소설), 거대한 금지와 약간의 허용이라는 비대칭적 규칙으로 인간의 자유를 교활하게 통제하는 현대사회를 예리하게 비판한 〈탄원서 괄호 열고〉(희곡) 등은 심사가 끝나고도 눈앞에 아른거리는 작품들이다. 이 네 분들의 정진을 기대해 본다.

당선작 중 내가 주목한 작품은 김현지의

〈가장무도회〉와 양준서의 〈지옥의 생물학자〉이다. 김현지의 〈가장무도회〉는 말장난 혹은 말재간이 능수능란하다. 다의어, 동음이의어, 띄어쓰기의 변주 등을 통해 말을 자유자재로 가지고 노는 힘이 대단하고, 그러한 말장난이 그야말로 말재간에 그치지 않고 현대성에 대한 깊은 성찰과 능수능란하게 연쇄된다는 점이 놀랍다. 현대성에 대한 깊은 성찰이 이런 현란하면서도 의미심장한 말장난으로 이어진 것인지, 아니면 말을 가지고 놀다가 현대성에 대한 천착의 길에 들어선 것인지 알 수 없으나, 현대성에 대한 성찰과 말장난의 이러한 고차원의 결합은 남다른 재능임에 틀림없다. 〈지옥의 생물학자〉는 우리가 '초단편문학상'이라는 걸 기획하면서 머릿속에 떠올렸던 바로 그 작품에 거의 근접한 작품이다. 세세한 설명을 배제한 짧은 이야기의 연쇄를 통해 인류가 지구는 물론 지구의 모든 생명체에게 가하는 인류세적 폭력을 날카롭게 집어낸다. 이 짧은 분량 안에 이토록 핵심적인 시대적 징후를 자연스럽게 녹여낼 수 있다니! 경탄할 만한 재능이다. 또한 '초단편문학'만이 할 수 있는 걸 명쾌하게 입증함으로써 '초단편문학'의 존립 근거를 실제적으로 보여줌과 더불어 '초단편문학'이 가야 할 하나의 길을 암시하고 있기도 하다.

　　　　대상의 영예를 거머쥔 이은미의 〈팀버〉는 작품의 밀도가 대단히 높은 소설이다. 부분과 전체, 서사와 묘사의 변증법적 조화가 뛰어나고, 좋은 소설의 핵심 요건인

'과정의 총체성'이 완벽하게 구현되어 한 장면, 한 문장, 조사 하나까지도 빼낼 수 없을 정도로 구성이 단단하다. 문제의식도 묵직하다. 〈팀버〉는 지금 이곳을 인간이 만물의 영장을 자처하며 모든 비인간적 존재들을 순종하는 신체로 전시하고 통제하는 곳으로, 그렇게 인류에 의해 지질만이 아닌 지구생태계가 교란되는 곳으로 규정한다. 이러한 인류의 인류세적 폭력을 재현하고자 〈팀버〉는 흥미롭게도 인류세적 폭력에 뒤틀린 형식으로 반항하는 인물을 등장시킨다. 〈팀버〉의 주인공인 그는 동물을 인간에게 통제되기 이전의 단계로 되돌려야 한다고 믿으며 그런 믿음 하에 비인간적인 존재를 과잉 야성의 상태로, 약육강식의 충동적인 상태로 훈육한다. 이런 안티-히어로의 자멸적 행동을 통해 〈팀버〉는 모든 지구생태계를 인간을 위한 그것으로 도구화하는 인류와 그것에 즉자적으로 반발해 지구 생명체의 야만성을 귀환시키려는 반인간적 인류로 인해 현재의 지구가 교란되고 있음을 응축적으로 재현한다. 여기에 덤으로 인간과 비인간적 존재들과의 공생의 길을 자연스레 암시하기도 한다. 결론적으로 말하자면 〈팀버〉는 그리 길지 않지 한 편의 소설 안에서 이런 논쟁적인 문제의식을 정교한 장치들의 연쇄를 통해 자연스럽게 제시한다. 부디 이 밀도와 긴장을 유지하기를 기대해 본다.

　　　　우리는 끊임없이 각 개인의 내밀한 삶의 세계를 축소하고 부인하고 억압하는 시대 속에 살고 있으며, 우리 모두는 나날이 거대사물의 부속품 또는 상징질서에 순종하는 신체로 전락하고 있다. 이때 필요한 것은 다름 아닌 지구의 생명체 모두가 어떻게든 여기 이렇게 웃고, 울고, 사랑하고, 절망하고, 흔들리고, 꿈꾸며 살고 있음을 표현하는 것이다. 그래야 소수만을 위한 정치적 기획이 지구의 생명체 전체를 폭력적으로 도구화하는 일을 멈추게 할 수 있고 보다 많은 '몫 없는 것들의 몫'을 되찾으려는 고차의 상징질서의 발명이 가능하다. 여기 내가 있음을, 그리고 여기 내 곁에 사랑스러운 존재들이 살아 숨 쉬고 있음을 거듭 표현하는 것은 그만큼 값진 일인 것이다. 내가 제1회 군산초단편문학상에서 확인한 것이 바로 이것이다. 여기 내가 살아있음을 증명하려는 들끓는 열정들. 만약 세상의 질서에 순종하지 않고 자기 스스로의 역사를 만들어 가는 목소리들이 넘쳐날 때 비로소 모두를 위한 지구의 길이 열릴 수 있다고 한다면, 제1회 군산초단편문학상의 열기는 모두를 위한 지구라는 꿈이 전혀 불가능한 그것이 아님을 보여주기에 충분해 보였다. 이번 심사가 힘겨웠지만 즐거웠던 이유도 바로 여기에 있다.

끝으로 문학이 왜 존재해야 하는지 그리고 어디로 가야할 지에 대해 큰 영감을 안겨준 수상자들과 모든 응모자들에게, 아니 세상에 대한 예리한 감각에 있어서나 문학에 대한 열정에 있어서 저 앞선 자리에서 고투하고 있는 문학적 전위들에게 깊은 우정과 존경을 전한다.

담대한 도전과 따뜻한 성찰

강형철(시인)

군산초단편문학상 심사를 의뢰받으며 가장 매력을 느낀
점은 군산 지역의 고유한 문학상을 만들고 싶다는 점,
군산의 지역성과 고유성이 폐쇄적이지 않되 문학성을
놓치지 않는 큰 원칙 속에 융합되었으면 좋겠고, 일반인들을
포함한 많은 문학지망생들이 마음 편히 응모할 수 있는
형식적 개방성을 지닐 수 있으면 좋겠다는 당찬 의지였다.
          심사에 임하면서 나는 지역성을 최대한
유지하면서도 문학적 보편성을 담보한 작품을 만나면
좋겠다고 생각했다. 지역성이라는 말을 바꾸면 현장성과
구체성이라 하겠는데 모든 것이 중심부에서 집중적으로 기획
집행되는 현실적 상황을 감안하면서도 지역의 고유한 문제도
함께 아우르는 시각이 필요하다는 생각 때문이다. 이를 좀
더 쉽게 말하자면 문학의 보편성을 중심에 두되 이 상이
만들어지고 실행되는 군산의 고유함을 아우르는 현장성도
도외시되지 않았으면 좋겠다 정도의 생각이라 할 수 있겠다.

또한 문학의 출발과 끝인 언어는 개개의 실존적
고독으로부터 발화되면서 개별 현장의 구체성과 직접성 대신
보편성에 기반한 층위로 옮겨지는데 그 과정에서 자연스럽게
추상화된다. 그 순간 개별 현상 그 자체는 언어 속으로 몸을
바꾸면서 영원히 도달할 수 없는 성채가 되기 마련이다. 그
과정에서 개별성과 추상성 사이에는 긴장이 발생하는데
거기서 생성되는 긴장을 최대한 보존하면서 언어적 현상 즉
추상의 세계로 이전되고 있는 작품을 찾아내고 싶었다.

대상 수상작은 〈팀버〉로 쉽게 결정되었다. 작품의
시작부터 끝까지 유지되는 긴장이 소설의 전편에 팽팽하게
흐르는 점이 우선 눈에 띄었고 문장에 군더더기가 거의
없었다. 비밀리에 유지되는 투견장에 소설의 화자는
'늑대개'를 공급하는 일을 한다. 그가 비밀거래에 성공하는
순간으로부터 시작되는 이야기는 자신이 동물조련사로
살아오며 가장 인상적인 '팀버'라는 늑대개의 사육체험
이야기로 종결된다.

나는 이 소설을 우리가 사는 현대세계의 본질적인
모습을 늑대개의 밀거래로 은유하고 있다고 읽었다.
"늑대개들은 광대다. 난폭한 광대. 투견장 안에서 피 튀기는
묘기를 선보이는 광대였다. 어느 한 마리가 죽으면 사람들은
찬사를 보낸다. 그 죽음이 끔찍하고 잔인한 것일수록 호응은
커진다. 그야말로 서커스다."

이런 말을 안에 거느리고 있는 은유는 물론 문학하는
이들이 흔히 들을 수 있었던 것이기도 하다. 하지만 이 소설의

작자는 이런 메시지를 늑대개의 사육과 판매라는 짧은 이야기를 통해 긴장감을 최대한 끌어올려 독자들에게 전하고 있다. 작품을 읽는 동안 독자 자신이 숨을 쉬고 있다는 사실도 잊게 만든다고 말할 수 있을 것 같다. 훌륭하다.

다만 그럴 경우 우려는 있다. 삶이 그토록 흉포한 경쟁으로만 이루어지지 않는다는 것을, 아니 그런 서커스를 하지 않고도 살 수 있는 영역도 얼마든지 있다는 점이 그것이다.

또한 이번 소설 문장 전체에 관류하는 긴장이 과도하게 조성되어 말하고 싶은 것을 거꾸로 놓칠 수도 있겠다는 염려도 없지 않았다. 이를 기우로 여길 수 있을 만큼 금도를 익혀가면서 더 크고 우람해지기를 빈다. 나는 그럴 수 있을 만큼 좋은 역량을 지니고 있다고 믿는다.

가작으로 뽑힌 이생문의 〈갯벌이라는 이름, 어머니〉를 보면서 오랜 문학 연찬의 힘이 시를 지탱하는 근본 동력임을 볼 수 있어 좋았다. 이 시에서 화자는 갯벌에 나가 일하면서 가족의 생계를 감당했던 어머니를 고무신 한 켤레의 모습 속에서 살려내고 있다. 또한 갯벌에서 일하시던 어머니 손을 '내시경'으로 치환하기도 하고, 그때 어머니가 흘리던 땀을 '윤슬'로 보아내는가 하면 삭아 너덜너덜한 신발 한 짝을 나룻배로 확장해내는 노련함을 보여주고 있다. 그리하여 어머니의 생애를 갯벌이라는 보편성으로 바꾸어 부조하는데 성공하고 있다.

응모우수상으로 선정된 이지영의 시 〈송곳이

산다〉를 읽는 것은 상처를 많이 통과한 사람만이 지닐
수 있는 따뜻함을 확인하는 일이기도 했다. 이 시에서
이지영은 사람들이 사는 모습이 '송곳에 천 하나 덮고'
사는 것은 아닌가 묻고 있다. 그리고 마침내 지금 세상의
몰인정한 세태와 경쟁의 가열로 야기되는 상처를 가슴으로
깊이 통과한 사람만이 마음에서 발효시켜 할 수 있는 말을
찾아내고 있다. 그의 문학적 인고의 세월에 찬사를 보낸다.

　　또 다른 응모우수상 진상용의 〈구석 책방, 그
손님〉은 사람살이의 모자란 편견과 어리석음 너머에서도
아름답게 성숙되어가는 한 인물의 순정한 마음이 돋보이는
작품이다. 물론 어렵게 책방을 운영하면서 겪는 자영업자의
슬픔도 절실하게 느껴졌다. 하지만 그런 와중에도 맑고
순결한 어린 소년의 마음을 몰라보았던 과오를 정직하게
응시하는 작자의 고백이 아름답다. 알고 보면 우리는
모두 정신적 맹인인지도 모른다. 순정한 마음을 오해하고
나름으로 재단하면서 외롭게 사는…….

　　응모우수상으로 선정된 반히의 소설 〈쇼쇼쇼〉는
이번 당선작 중 분량이 가장 길지만 한 호흡에 읽을 수
있었다. 분량에 비해 큰 서사를 거느리고 있으며 과감한
진실추구가 광휘롭다. 소설의 화자 윤 PD가 깊은 회심
끝에 내린 판단과 행동은 이중의 진실 덮기인 셈이다.
그리고 대다수 방송 소비자는 진실 덮기로 편집된 감동에
익숙해진다.

　　〈쇼쇼쇼〉의 단단한 서사와 과감한 진실추구가

광휘롭지만 샴쌍둥이의 실체가 너무 그로테스크하게
그려진 것은 아닌가 하는 생각이 들었다. 현실에 대한 보다
깊은 성찰이 더해지면 큰 작가가 되리라 기대한다.

마지막으로 당선에 들지 못한 이들에게 실망하지
말아달라는 부탁의 말도 전하고 싶다. 응모작들이 더 나은
작품의 디딤돌이 되기를, 그리하여 더 훌륭한 작품으로
이어지기를 충심으로 빈다.

글을 쓰는 일은 세계를 바라보는 하나의 방식

신유진(작가·번역가)

'군산초단편문학상'이라는 새로운 공모전의 탄생이 우리를
설레게 했던 것은 바로 '초'라는 강렬한 한 글자 때문이
아니었을까. 한계와 경계를 넘는 문학을 기대하게 하는 이
접두사는 단순히 짧은 글이 아닌, 과감한 시도와 모험, 한
호흡에 읽히는 흡인력, 혁신적 형식에 새로운 시선을 담은
글의 탄생을 부르는 말일 것이다.

　　　　예상보다 훨씬 더 많은 응모작이 도착했고 모두
일정 수준 이상의 작품들로 우열을 가리기 힘들었다.
무엇보다 우리 시대의 통증과 고민을 담은 현실적인
이야기부터 인간의 시선과 세계를 초월하려는 의지를
담은 이야기까지 주제의 다양성이 눈에 띄었다. 특히 소설
응모작 중에서는 우리가 알고 있던 문학적 형식과 관점을
깨려는 시도가 돋보이는 작품들이 다수 등장했고, 시
응모작들은 〈갯벌이라는 이름, 어머니〉처럼 정직하고 맑은
언어가 울림을 주는 작품들과 〈가장무도회〉처럼 괄목할

만한 이미지를 창출해 낼 줄 아는 새로운 작품들이 있었다. 시나리오 및 희곡의 경우 영상에 익숙한 세대들의 감각적 언어가 눈에 띄었고, 수필 응모작들은 대체로 단정한 문장에 따뜻한 시선, 삶을 웅숭깊게 바라본 작품들이었지만, 다소 평면적인 인물 표현과 지나치게 안전한 서술 방식이 아쉽게 느껴지기도 했다. 수필은 지극히 개인적인 경험을 보편적 가치로 확장하는 글쓰기이고, 그 과정에서 새로운 스타일을 시도하고, 작가의 사유를 자유롭게 표현하기에 가장 적합한 장르라는 것을 기억해 주길 바란다.

예심에서는 작품성, 문학성을 갖춘 작품들을 선별했고, 본심에서는 '초단편'이라는 이름에 걸맞게 새로운 형식으로 자기만의 스타일을 축조한 작품, 한계 없는 상상력, 타자와 세계를 향한 사랑이 담긴, 문학의 의미를 놓치지 않는 작품들을 당선작으로 선정했다.

먼저 응모우수상을 받은 〈땅의 주인〉은 지표의 방사능으로 모든 물이 증발하고, 더는 땅이 살 수 없는 곳이 된 시대에 대류권과 성층권 경계를 떠다니며 사는 사람이 땅으로 내려가는 여행을 아름답게 그린 작품이다. 인간이 중력의 영향을 받지 않는다면, 직립보행이 아니라 유영하듯 산다면, 인간의 무엇이 달라질까? 이 작품은 머리 위에 구름이 있다는 게 얼마나 경이로운 일인지, 땅을 밟고 걷는 것이 인간에게 어떤 의미가 있는지를 새삼 깨닫게 해준다. 문학적 상상력을 강조한 작품일수록 서투르지 않은 표현과 탄탄한 논리와 구성, 섬세한 묘사가 뒷받침되어야 한다.

그런 면에서 〈땅의 주인〉은 시공간을 설명하는 방식이 매우 설득력이 있었고, 무엇보다 인류의 미래를 단순히 디스토피아로 그리는 쉬운 절망을 택하지 않은 것에 좋은 점수를 주고 싶었다.

가작을 수상한 〈호모 콰이어트 사피엔스〉는 매일 나무를 오르는 소년이 "왜 나무를 오르는가?"를 묻는 희곡이다. 응모작 중 눈에 띄는 희곡들이 몇 편 있었으나, 최종적으로 〈호모 콰이어트 사피엔스〉를 선정한 것은 특별한 사건이나 구체적인 서술 없이 질문 하나로 극을 끌어가는 능력이 탁월했기 때문이다. 페터 한트케의 언어극처럼 이 극에서 질문은 하나의 행위이자 사건이고, 그렇기 때문에 질문의 의미가 아니라 그 사용 방식에 주목해야 한다. 극 중 다양한 등장인물이 하나의 질문을 반복하는 방식은 고대 연극의 '코러스'를 연상시킨다. 즉 주제를 구축하고, 극을 이끌어가는 주재자의 역할을 하는 것이다. 그들은 계속해서 소년이 나무를 오르는 이유를 묻고, 우리는 답을 찾는 데 몰두하게 되는데, 마지막에 질문 자체가 틀렸다는 사실을 깨닫는 순간, 좁아졌던 시야가 단번에 확장되는 경험을 할 수 있었다. 내가 틀렸음을 깨닫고 인정하는 일만큼 통쾌하고 속 시원한 일이 또 있을까. 다만 이 영리한 극에 대사와 지문의 아름다움까지 더해졌다면 어땠을까. 언젠가 극장에서 만날 수 있기를 기대해 본다.

또 다른 가작 수상작, 〈지옥의 생물학자〉는

초단편 문학상에 가장 잘 어울리는 작품이라 할 수 있겠다. 압축적이고 혁신적이며, '지옥의 생물학자', '포유류', '종', '구분', '분류' 같은 단어 선택이 간결하면서도 강렬하다. 지옥에서 포유류를 분리하는 생물학자의 독백을 담은 이 작품의 가장 큰 장점은 인간과 동물을 포유류로 한데 묶으며, 모든 종을 수평적으로 바라보는 새로운 시선이라고 할 수 있겠다. 오랫동안 모든 이야기에서 인간은 다른 종을 제치고 늘 우위를 차지해 왔다. 동물을 이야기할 때조차도 의인화해야 하는 인간의 이 우월의식은 얼마나 구시대적인 발상인가. 지옥에서만큼은 그런 오만함이 사라지는 것 같아 반가움마저 느꼈다. 그러나 이 신선한 시선 너머에 독자가 발견할 수 있는 의미를 충분히 밝히지 않았다는 점과 새로운 형식이 다 담지 못한 서사는 아쉬움으로 남는다.

대상을 차지한 〈팀버〉는 탄탄한 서사와 문학적 완성도, 흡인력을 두루 갖춘 작품이다. 꼼꼼한 묘사, 흐트러짐 없는 문장, 이야기를 끌어나가는 탁월한 힘이 팀버의 장점이라고 할 수 있겠다. 무엇보다 동물의 폭력성과 인간의 탐욕을 나란히 두고 펼쳐나가는 서술 방식이 인상적이었다. 투견용 늑대를 사육하는 인간과 싸움에 탁월한 늑대, 팀버를 바라보는 시선을 따라가며 느꼈던 불편함과 불쾌감은 인물과 사건을 집요하게 묘사할 줄 아는 작가가 가진 필력의 반증이기도 하다. 물론 이 작품이 드러내는 폭력성을 문학성으로 인정할 수 있었던 것은 필력이 전부가 아니라, 폭력을 동물의 본능적 관점으로

접근했다는 점과 욕망을 합리화하거나 그것에 특별한
서사를 부여하지 않았기 때문이었다.

심사위원 이전에 독자로서 글을 읽는 내내 포식자,
팀버와 동물을 돈벌이에 이용하는 화자의 잔인함을 저울에
달아봤다. 추는 어느 쪽으로 기울까. 팀버가 화자를 밀치고
철창 밖으로 뛰쳐나가는 장면부터는 몇 가지 질문이
찾아오기도 했다. 팀버는 포획되어야 할까? 팀버의 야성은
인간의 안전을 위해 마땅히 거세당해야 하는 것일까?
그것은 또 다른 폭력이 아닐까? 아니면 약육강식이라는
자연의 섭리를 받아들여야 할까? 그렇다면 약자의 보호는?
팀버와 화자 둘 중 누가 약자인가? 결국 수많은 질문 끝에
'도대체 왜 팀버는 투견장에 있어야 하는가?'라는 물음에
당도하게 됐고, 너무 쉬운 답 앞에 분노가 향해야 하는 곳이
정확히 어디인지 알게 됐다.

〈팀버〉는 불편한 글이다. 그러나 문학 안에서
마주하는 이러한 감정들이 때로는 우리의 각성제가 될 수
있고, 그런 의미에서 이 작품은 문학의 역할을 능숙하게
수행했다고 볼 수 있겠다. 앞으로도 문학의 책임이 무엇인지
끊임없이 질문하며 나아가기를 바란다.

위에서 언급한 작품들 외에도 좋은 작품을 써주신
모든 수상자에게 축하를 보내며 아쉽게 수상을 놓친
이들에게도 위로와 격려를 보낸다. 공모전의 진짜 의미는
수상이 아닌 그 이후의 이야기일 것이다. 응모한 이들의
아직 탄생하지 않은 글과 쓰는 삶을 아낌없이 응원한다.

글을 쓰는 일은 세계를 바라보는 하나의 방식이고, 바라보는 일은 애정을 필요로 한다. 애정을 담아 보는 일은 가장 먼저 나를 바꾸고, 내가 바뀌면 세계가 달라진다. 나는 그것이 이 황량한 시대에 우리가 야트막한 사랑을 나누고 또 실천하는 일이라 믿는다.

2023 제1회 군산초단편문학상 수상작품집

초판 1쇄 2023년 12월 2일

초판 2쇄 2024년 7월 15일

지은이

이은미, 박우림, 양준서, 이생문, 김현지, 반히, 이동은, 이지영, 진상용

기획 및 편집

마리서사

교열

이은지

북 디자인

신덕호

프로파간다

전북 군산시 구영4길 16-2

T. 031-945-8459

F. 031-945-8460

www.graphicmag.co.kr

한국출판문화산업진흥원 2023년 지역출판산업활성화 지원 사업 예산을
받아 제작하였습니다.

ISBN

978-89-98143-82-4